蔡澜作品自选集

卷六

蔡澜

著

一曲薰風

生活·讀書·新知 三联书店

图书在版编目（CIP）数据

一曲薰风 / 蔡澜著. —北京：生活·读书·新知
三联书店，2013.10
ISBN 978-7-108-04701-4

Ⅰ．①一… Ⅱ．①蔡… Ⅲ．①随笔－作品集－中国－
当代 Ⅳ．①I267.1

中国版本图书馆CIP数据核字(2013)第189213号

责任编辑　韩　冰
装帧设计　蔡立国
责任印制　徐　方
出版发行　**生活·讀書·新知** 三联书店
　　　　　　（北京市东城区美术馆东街22号 100010）
网　　址　www.sdxjpc.com
经　　销　新华书店
印　　刷　北京隆昌伟业印刷有限公司
版　　次　2013年10月北京第1版
　　　　　　2013年10月北京第1次印刷
开　　本　880毫米×1230毫米　1/32　印张 7
字　　数　129千字　图16幅
印　　数　00,001－10,000册
定　　价　26.00元
（印装查询 010-64002715 邮购查询 010-84010542）

三联版总序

最初写作，是将过往的生活点滴记下，已是三十多年前的事。在报纸的专栏写了一些，终于足够聚集成书。倪匡兄说："也好，当成一张名片送人，能写出一本，已算好的了。"

每天写，不断地努力，不知不觉间，书也出版了两百多本。如今看来，其中有些文字已过时，有些我自己不满意，也被编入书中。

认识了汕头三联书店的李春淮兄，他建议由三联出版我的全集。我认为与其出版全集，不如出版自选集，文章是好是坏，自己清楚。

与北京三联书店的郑勇兄谈妥，以《蔡澜作品自选集》为题，计划每辑四册，总共出七辑二十八册，收录这三十多年来的文章。略觉不佳的，狠心删掉；剩下来的，都是自己觉得还过得去，和大家分享。

此事由李春淮兄大力促成，书面市时，汕头的三联书店已经因购书者稀少而关闭。特此以这集书，献给他。

蔡澜

2012 年 11 月 22 日

目 录

不知道是什么时候，我变成了食家

大概是在《壹周刊》写餐厅批评开始的。我从不白吃白喝，好的就说好，坏的就说坏，读者喜欢听吧。

我介绍的不只是大餐厅，街边小贩的美食也是我推崇的，较为人亲近的缘故。

为什么读者说我的文字引人垂涎？那是因为每一篇文字，都是我在写稿写到天亮，肚子特别饿的时候下笔。秘诀都告诉你了。

被称为"家"不敢当，我更不是老饕，只是一个对吃有兴趣的人，而且我一吃就吃了几十年，不是专家也变成专家。

我们也吃了几十年呀！朋友说。当然，除了爱吃，好奇心要重，肯花工夫一家家去试，记载下来不就行了吗？每一个人都可以成为食家的呀。

不知道是什么时候，我变成了茶商

茶一喝也是数十年。我特别爱喝普洱茶，是因为来到香港，人人都喝的关系。普洱茶只在珠江三角洲一带流行，连原产地的云南人也没那么重视。广东人很聪明，知道普洱茶去油腻，所以广东"瘦"人还是多过胖子。

不过普洱茶是全发酵的茶，一般货色有点霉味，我找到了一条明人古方，调配后生产给友人喝，大家喝上瘾来一直向我要，不堪麻烦地制出商品，就那么糊里糊涂地成为茶商。

不知道是什么时候，我卖起零食来

也许是因为卖茶得到了一点利润，对做生意发生了兴趣。想起小时奶妈废物利用，把饭焦炸给我们吃，将它制成商品出售而已。

不知道是什么时候，我开起餐厅来

既然爱吃，这个结果已是理所当然的事。在其他食肆吃不到的猪油，只有自己做。大家都试过挨穷吃猪油捞饭的日子，同道中人不少，大家分享，何乐不为？

不知道是什么时候，我生产酱料

干的都是和吃有关的东西，又看到 XO 酱的鼻祖韩培珠的辣椒酱给别人抢了生意，就兜起她的兴趣，请她出马做出来卖。成绩尚好，加多一样咸鱼酱。咸鱼虽然大家都说会生癌，怕怕。但基本上我们都爱吃，做起来要姜葱煎，非常麻烦，不如制为成品，一打开玻璃罐就能进口，那多方便！主意便产生了。

不知道是什么时候，我有了一间杂货店

各种酱料因为坚持不放防腐剂，如果在超级市场分销，没有冷藏吃坏人怎么办？只好弄一个档口自己卖，请顾客一定要放入冰箱，便能达到卫生原则，所以就开那么小小的一间。租金不是很贵，也有多年好友谢国昌一人看管，还勉强维持。接触到许多中环佳丽来买，说拿回家煮个公仔面当下饭菜，原来美人也有寂寞的晚上。

不知道是什么时候，我推销起药来

在澳洲拍戏的那年，发现了这种补肾药，服了有效，介绍给朋友，大家都要我替他们买，不如就代理起来。澳洲管制药物的法律极严，吃坏人会给人告到仆街，这是纯粹草药炼成，对身体无害，卖就卖吧。

不知道是什么时候，我写起文章来

抒抒情，又能赚点稿费帮补家用，多好！稿纸又不要什么本钱的。

不知道是什么时候，我忘记了老本行是拍电影

从十六岁出道就一直做，也有四十年了，我拍过许多商业片，其中只监制有三部三级电影，便给人留下印象，再也没有人记得我监制过成龙的片子，所以也忘记了自己是干电影的。

这些工作，有赚有亏，说我的生活无忧无虑是假的，我至今还是两袖清风，得努力保个养老的本钱。

"你到底是什么身份？电影人？食家？茶商？开餐厅的？开

杂货店的？做零食的？卖柴米油盐酱的？你最想别人怎么看你？"朋友问。

"我只想做一个人。"我回答。

从小，父母亲就要我好好地"做人"。做人还不容易吗？不。不容易。

"什么叫会做人？"朋友说，"看人脸色不就是？"

不，做人就是努力别看他人脸色，做人，也不必要给别人脸色看。

生了下来，大家都是平等的。人与人之间要有一份互相的尊敬。所以我不管对方是什么职业，是老是少，我都尊重。

除了尊敬人，也要尊敬我们住的环境，这是一个基本条件。

看惯了人类为了一点小利益而出卖朋友，甚至兄弟父母，也学会了饶恕。人，到底是脆弱的。

年轻时的嫉恶如仇时代已成过去。但会做人并不需要圆滑，有话还是要说的。为了争取到这个权利，付出的甚多。现在，要求的也只是尽量能说要说的话，不卑不亢。

到了这个地步，最大的缺点是已经变成了老顽固，但已经练成百毒不侵之身，别人的批评，当耳边风矣，认为自己是一个人，中国人美国人都没有分别。愿你我都一样，做一个人吧。

访问自己

《壹周刊》做我的那篇访问，读后还觉满意。但是有很多其他的就对我很不公平。

访问者多数是几天后就得将文章刊登，只坐下来和我谈个把钟头，急就章地写出。

我答应后，当天心情如何，想不想多说话？都影响到文章的内容，为什么他们不给我多一点点的时间，给多一两次见面的机会呢？

在人手短缺的情形下，我也能理解，不喜欢的是一些外地记者，对我的事一知半解，又不多做一点资料搜索的功夫，就摸上门来。

为了省却今后的麻烦，我干脆在这里作一篇自我访问，送给他们去交差。反正目前经济低迷，写求职信需个生平简历，随时派上用场。

问：你能不能准确地告诉我，今年多少岁了？

答：又不是瞒年龄的老女人，为什么不能？我生于一九四一年八月十八日，属蛇，狮子座，够不够准确？

问：**血型呢？**

答：酒喝得多，XO 型。哈哈。

问：**最喜欢喝什么酒？**

答：年轻时喝威士忌，来了香港跟大家喝白兰地，当年非常流行，现在只喝点啤酒。其实我的酒量已经不大。最喜欢的酒，是和朋友一起喝的酒。什么酒都没问题。

问：**红酒呢？**

答：学问太高深，我不懂，只知道不太酸，容易下喉的就是好酒。喜欢澳洲的有气红酒。没试过的人很看轻它，但的确是不错。

问：**你整天脸红红，是不是一起身就喝？**

答：那是形象差的关系。我也不知道为什么整天脸红，现在的人一遇到我就问是不是血压高？从前，这叫红光满面，已经很少人记得有这一回儿事。

问：**什么是喝酒的快乐，什么是酒品，什么是境界？**

答：喝到飘飘然，语喃喃，就是快乐事，不追酒、不头晕、不作呕、不扰人、不喧哗、不强人喝酒、不干杯、不猜枚、不卡拉OK、不重复话题，这十不，是酒品。喝到要止即止，是境界。

问：**你是什么时候成为食家的？**

答：我对这个家字有点反感，我宁愿叫自己做一个人，写作人，电影人。对于吃，不能叫吃人，勉强叫为好食者吧。

我爱尝试新东西，包括食物。我已经吃了几十年了，对于吃应该有点研究，最初和倪匡兄一起在《壹周刊》写关于吃的文章，后来他老人家嫌烦，不干了。我自己那一篇便独立起来，叫《未能食素》，批评香港的餐厅。一写就几年，读者就叫我所谓的食家了。

问：为什么取《未能食素》那么怪的一个栏名？

答：《未能食素》就是想吃肉。有些人还搞乱了叫成《未能素食》，其实和斋菜一点关系也没有，这题目代表我的欲望还是很重。心，还是不清。

问：天下美味都给你试过了？

答：这问题像人家问我，什么地方你没去过一样。我每次搭飞机时都喜欢看航空公司杂志后页的地图，那么多的城市，那么多的小镇，我再花十辈子，也去不完。

问：要有什么条件，才能成为食家？

答：要成为一个好吃的人，先要有好奇心。什么都试，所以我老婆常说要杀死我很容易，在我未尝过的东西里面下毒好了。

要做食评人，先别给人家请客。自己掏腰包，才能保持公正。尽量说真话，这样不容易做到。

同情分还是有的，对好朋友开的食肆，多赞几句，无伤大雅，别太离谱就是。

问：做食家是不是自己一定要懂得煮？

答：你又用"家"字了。做一个好吃者，食评人，自己会烧菜是一个很重要的条件。我读过很多影评人的文章，根本对电影制作一窍不通，写出来的东西就不够分量。专家的烹调过程看得多了，还学不会，怎么有资格批评别人？

问：**什么是你一生中吃过最好的菜？**

答：和喝酒一样，好朋友一起吃的菜，都是好菜。

问：**对食物的要求一点也不挑剔？**

答：和朋友，什么都吃。自己烧的话，可以多花一点工夫。做人千万别刻薄自己，煮一餐好饭，也可以消除寂寞。我年轻时才不知愁滋味地大叫寂寞，现在我不够时间去寂寞。

问：**做人的目的，只是吃吃喝喝？**

答：是。我大半生一直研究人生的意义，答案还是吃吃喝喝。

问：**就那么简单？那么基本？**

答：是。简单和基本最美丽。读了很多哲学家和大文豪的传记，他们的人生结论也只是吃吃喝喝，我没他们那么伟大，照抄总可以吧。

访问自己（关于酒）

访问这种事，有时报纸和杂志都来找你。忽然，静了下来，几年没一个电话。后来接受一个，其他传媒又一窝蜂涌前，都是同样的问题，我回答了又回答，已失去新鲜感，所以尽量将答案写了下来，让来访问的人做参考，有些答案，从前的小品文中写过，未免重复，请各位忍耐。

"这篇东西，除了你的生日是何时之外，什么都没说到。"前一阵子一位记者到访，我把稿交给她时，她这么说。

好。有必要多写几篇。最好分主题，你要问关于吃的，拿这一份去，要问穿的？这里有完全的资料。

大家方便，所以今后还会继续预计对方所提的问题，作出回复，今后你我见面之前，我先将访问自己的稿件传真给你，避免互相浪费时间。

不知何时开始，我总给人家一个爱喝酒的印象，这一个部分，我们就谈酒吧。

问：**你脸红红的，喝了酒吗？**

答：没有呀。天生就是这一副模样，从前的人，见到我这种人，就恭喜我满面红光；当今，他们劈头一句：你血压高。哈哈哈哈。

问：**真的没有毛病？**

答：一位干电影的朋友转了行，卖保险去，要求我替他买一份。看在多年同事的份上，我答应了。人生第一次买，不知道像我这个年纪，要彻底地检查身体才能受保，验出来的结果，血压正常，也没有爱滋病。

问：**胆固醇呢？**

答：没过高。连尿酸也验过，好在不必自己口试，都没毛病。

问：**你最喜欢喝的是哪一种酒？白兰地？威士忌？红酒？白酒？**

答：爱喝酒的人，有酒精的酒都喜欢，最爱喝的酒，是与朋友和家人一起喝的酒。

问：**你整天脸红，是不是醒着的时间都喝？**

答：给人家冤枉得多，就从早上喝将起来，饮早茶时喝烧酒，难喝死了，但是虾饺烧卖显得更好吃了。饮茶时喝烧酒最好。

问：**有些人要到晚上才喝，你有什么看法？**

答：有一次倪匡兄去新加坡，我妈妈请他吃饭，拿出一瓶白兰地叫他喝，他说他白天不喝酒的，我妈妈说现在巴黎是晚上，你不喝，我喝，结果我们大家都喝了。

问：**大白天喝酒，是不是很堕落？**

答：能够一大早就喝酒的人，代表他已经是一个可以主宰自己时间的人，是个自由自在的人。是很幸福的。他不必为了要上班，怕上司看到他喝酒而被炒鱿鱼。他也不必担心开会时遭受对方公司的人侧目。这一定是他争取回来的身份，他已付出了努力的代价，现在是收获期，人家是白昼宣淫，这些人是白昼宣饮，哈哈哈哈。白天喝酒，是因为他们想喝就喝，不是因为上了酒瘾才喝。怎么会是堕落？替他高兴还来不及呢。

问：**你会不会追酒喝？**

答：那是被酒喝的人才会做的事。我是喝酒的人。

问：**什么是喝酒的人？**

答：喝够即止，是喝酒的人。

问：**什么叫做喝够即止，能做到吗？**

答：这是意志力的问题。我的意志力很强，做得到喝到微醉，就不再喝了。

问：**什么叫醉？请下定义。**

答：是一种轻飘飘的感觉。有点兴奋，但不骚扰别人。话说多了，但不抢别人的话题。真情流露，略带豪气。十二万年无此乐。叫做醉。

问：**醉得有暴力倾向，醉得呕吐呢？**

答：那不叫醉，叫昏迷。

问：**你有没有昏迷的经验？**

答：一次。数十年前我哥哥结婚，摆了二十围酒，客人来敬，我替大哥挡。结果失去知觉，醒来时，像电影的镜头，有两个脸俯视着我。原来是被抬到新婚夫妇的床上，影响到他们的春宵，真丢脸。从此不再做这种傻事。

问：如果第二天醒来，发现身旁睡着个裸女，不知道做了还是没有做，那应该怎么办？

答：再确定一次，不就行了吗？哈哈哈。

问：你的老友倪匡和黄霑都已经不喝酒了，你还照喝那么多吗？

答：黄霑是因为有痛风症而不喝的。倪匡说人生什么事都有配额，他的配额用完了。我还好，还是照喝。喝少了一点倒是真的。我不能接受有配额的说法，我相信能小便就能做那件事，看看对方是什么人罢了。

问：现在流行喝红酒，你有什么看法？

答：太多人知道红酒的价钱，太少人知道红酒的价值。

问：我碰不了酒，很羡慕你们这些会喝酒的人，我要怎样才了解你们的欢乐？

答：享受自然醉去。

问：什么叫自然醉？

答：热爱生命，对什么东西都好奇，拼命问。问得多了，了解了，脑中产生大量的吗啡，兴奋了，手舞足蹈了，那就是自然醉，不喝酒也行，又达到另一种境界。

访
问
自
己

（
关
于
吃
）

问：为什么对吃那么有兴趣，从什么时候开始？

答：凡是好奇心重的人，对任何事物都有兴趣。吃，是基本嘛。大概是从吃奶时开始吧。

问：你是哺乳，还是喝奶粉？

答：吃糊。

问：糊？

答：生下来刚好是打仗，母亲营养不够，没有奶。家里虽然有位奶妈，但是喂姐姐和哥哥的。战乱时哪里买得到什么 Klim？只有一罐罐的米碎，用滚水一冲，就变成浆糊状的东西，吃它长大的。还记得商标上有一只蝴蝶，这大概是我人生中第一次的记忆。

问：你提的 Klim 是什么？

答：当年著名的奶粉，现在还可以找到。名字取得很好，把牛奶的英文字母翻过来用。

问：会吃东西之后，你最喜欢些什么？

答：我小时很偏食，肥猪肉当然怕怕，对鸡也没多大兴趣。回想起来，是豆芽吧，我对豆芽百食不厌，一大口一大口塞进嘴里，家父说我的食态像担草入城门。

问：你自己会烧菜吗？

答：不会。

问：电视上看过你动手，你不会烧菜？

答：不，不会烧菜，只会创作。No，I don't cook. I create（笑）。

问：请你回答问题正经一点。

答：我妈妈和我奶奶都是烹饪高手，我在厨房看看罢了。到了外国自己一个人生活，想起她们怎么煮，实习，失败，再实习，就那么学会的。

问：你自己第一次动手是什么菜？

答：红烧猪手。当年在日本，猪脚猪手是扔掉的，我向肉贩讨了几只，买一个大锅，把猪手放进去，加酱油和糖，煮个一小时，香喷喷地上桌，家里没有冰柜，刚好是冬天，把吃剩的那锅东西放在窗外，隔天还有肉冻吃。

问：最容易烧的是什么菜？

答：龙虾。

问：龙虾当早餐？

答：是的。星期天一大早起身，到街市去买一只大龙虾，先把头卸下，斩成两瓣，在炉上铺张锡纸，放在上面，撒些盐慢火烤。用剪刀把肉取出来，直切几刀再横切薄片，扔进冰水中，即卷成花朵状。剁碎辣椒，中国芹菜和冬菇，红绿黑地放在中间当花心，倒壶底酱油点山葵生吃。壳和脚加豆腐、芥菜和两片姜去滚汤，这时你已闻到虾头膏的香味，用茶匙吃虾脑、刺身和汤。如果有瓶好香槟和贝多芬音乐陪伴，就接近完美。

问：**前后要花多少时间？**

答：快的话半小时，但可以懒懒慢慢地做。做菜是消除寂寞最好的方法。一个人吃东西的时候，千万别太刻薄自己，做餐好吃的东西享受，生命就充实。

问：**你已经尝遍天下美食？**

答：不可以那么狂妄，要吃完全世界的东西，十辈子也不够。

问：**哪一个都市的花样最多？**

答：香港。别的地方最多给你吃一个月就都吃遍。在香港，你需要半年。

问：**你嘴那么刁，不怕阎罗王拔你的舌头？**

答：有一次我去吉隆坡，三个八婆请我吃大排档，我为了回忆小时候吃的菜，叫了很多东西。吃不完，八婆骂我：你来世一定没有东西吃，我摇头笑笑，说你们怎么不这么想想？我的前身，是饿死的。

问：**谈到大排档，已经越来越少，东西也愈来愈不好吃了。**

答：所以大家在呼吁保护濒临绝种动物时，我大叫不如保护濒临绝种的菜式，这比较实在。

问：**你什么时候开始写食经？**

答：从《壹周刊》的专栏《未能食素》。

问：**未能食素？你不喜欢斋菜？**

答：未能食素，还是想吃荤东西的意思，代表我的欲愿很强，达不到彼岸的平静。

问：**写餐厅批评，要什么条件？**

答：把自己的感想老实地记录下来就是。公正一点，别被人请客就一定要说好，有一次，我吃完了，甜品碟下有个红包，打开来看，是五千大洋。

问：**你收了没有？**

答：我想，要是拿了，下次别家餐厅给我四千九百九，我也会开口大骂的。

问：**很少读到你骂大排档式的食肆的文章。**

答：小店里，人家刻苦经营，试过不好吃的话，最多别写。大集团就不同了，哼哼。

问：**你描写食物时，怎会让人看得流口水？**

答：很简单，写稿写到天亮，最后一篇才写食经。那时候腹饥如鸣，写什么都觉得好吃。

访问自己（关于茶）

问：**茶或咖啡，选一样；你选茶，咖啡？**

答：茶。我对饮食，非常忠心，不肯花精神研究咖啡。

问：**最喜欢什么茶？**

答：普洱。

问：**那么多种类：铁观音、龙井、香片，还有锡兰茶，为什么只选普洱？**

答：龙井是绿茶，多喝伤胃；铁观音则是发酵到一半停止的茶，很香，只能小量欣赏才知味；普洱则是全发酵的，越旧越好，冲得怎么浓都不要紧。

我起身就有喝茶的习惯，睡前也喝，别的茶反胃，有些妨碍睡眠，只有普洱没事，我喝得很浓，浓得像墨汁一样。我常自嘲说肚子进的墨汁不够。

问：**普洱有益吗？**

答：饮食方面，广东人最聪明，云南产普洱，但整个中国只有广东人爱喝，它的确能消除多余的脂肪，吃得饱胀，一杯下去，舒服无比。

问：**那你自己为什么还要搞什么"暴暴茶"？**

答：这个故事说起来话长，普洱因为是全发酵，有一股霉味，加上玫瑰干蕾就能辟去，我又参考了明人的处方，煎了解酒和消滞的草药喷上去，焙过，再喷，再焙，做出一种茶来克服暴饮暴食的坏习惯。起初是调配来给自己喝，后来成龙常来我的办公室试饮，觉得很好喝。别人也来讨了，烦不胜烦。

问：**你什么时候开始把它当成商品，又为什么令到你有做茶生意的念头？**

答：有一年的书展。书展中老是签名答谢读者没什么新意，我就学古人路边施茶，大量泡"暴暴茶"给来看书的人喝，主办当局说人太多，不如卖吧。我说卖的话就违反施茶的意义。不过卖也好，捐给保良局。那一年两块钱一杯，一卖，就筹了八百块，我的头上铛的一声亮了灯，就将它变成商品了。

问：**为什么叫为"暴暴茶"？**

答：暴食暴饮也不怕呀！所以叫"暴暴茶"。

问：**你不认为"暴暴茶"这个名字很暴戾吗？**

答：起初用，因为它很响。你说得对，我会改的，也许改为"抱抱茶"吧。我喜欢抱人。

问：**为什么你现在喝的是"立顿"茶包？**

答：哈哈，那是我在欧洲生活时养成的习惯，那边的人除了英国，大家都只喝咖啡，没有好茶。随身带普洱又觉烦，干脆买些茶包，要一杯滚水自己搞掂。在日本工作时，他们的茶也稀得要命，我拿出三个茶包弄浓它，不加糖，当成中国茶来喝，喝久了上瘾，早晚喝普洱，中午喝立顿。

问：**你本身是潮州人，不喝功夫茶吗?**

答：喝。自己没有工夫，别人泡的我就喝。我喝茶喜欢用茶盅。家里有春夏秋冬四个模样的，现在秋天，我用的是布满红叶的盅。

问：**你喝茶的习惯是什么时候养成的?**

答：从小。父亲有个好朋友叫统道叔。到他家里一定有上等的铁观音喝。统道叔看我这个小鬼也爱喝苦涩的浓茶，很喜欢我，教我很多关于茶的知识。

问：**令尊呢，喝不喝茶的?**

答：家父当然也爱喝，还来个洋讲究，人住南洋，没有什么名泉，就叫我们四个儿女一早到花园去，各人拿了一个小瓷杯，在花朵上弹露水，好不容易才收集几杯拿去冲茶。炉子里面用的还是橄榄核烧成的炭，说这种炭，火力才够猛。

问：**你喝不喝龙井或香片的?**

答：喝龙井，好的龙井的确引诱死人。不喝香片。香片北方人才欣赏，那么多花，已经不是茶，所以只叫香片。

问：**日本茶呢?**

答：喝。日本茶中有一味叫"玉露"的，我最爱喝了。"玉露"不能用太滚的水来冲，先把热水放进一个叫 Oyusame 的盅中冷却一番，再把茶浸个两三分钟来喝，味很香浓，有点像在喝汤。

问：台湾茶呢？他们的茶道又如何？

答：台湾人那一套太造作，我不喜欢。茶叶又卖得贵得要命，违反了喝茶的精神。

问：你喝过最贵的茶，是什么茶？

答：大红袍。认识了些福建茶客，才发现他们真是不惜工本地喝茶。请我的茶叶，在拍卖中叫到十六万港币，而且只有两百克。

问：真的那么好喝吗？

答：的确好喝。但是叫我自己买，我是付不出那么高价钱。我在九龙城的"茗香"茶庄买的茶，都是中价货。像普洱，三百块一斤，一斤可以喝一个月，每天花十块钱喝茶，不算过分。

一直喝太好的茶，就不能随街坐下来喝普通的茶。人生减少许多乐趣。

茶是平民的饮品。

我是平民，这一点，我一直没有忘记。

访问自己（关于婚姻）

问：对婚姻的看法？

答：没有人比英国作家王尔德讲得更好：男人结婚，因为他们疲劳了；女人结婚，因为她们好奇。两者都失望。哈哈哈哈。

问：**对这制度的看法？**

答：相当地野蛮，越文明越野蛮的一种制度。一定是清教徒式的人想出来的。或者是性能力极弱，一个女人都对付不了的男人想出来的。

问：**你反对一夫一妻？**

答：我看过很多受害者的例子。现实生活中，我有一位长辈一直瞒着太太在外边有另外一位妻子，并生育儿女。这位长辈去世，事件爆发，太太很伤心。如果没有这种野蛮的制度，悲剧便不会发生。长辈错了吗？第二位太太错了吗？不！是设计这种制度的人错了。

我父亲曾经告诉过我，在他那一辈的人，见了面，不问你好吗？是问娶了多少个太太？

才短短的四五十年，便搞成这个样子。要是这位长辈早生了一点，天下太平。

问：不是一夫一妻的话，社会不会引起混乱吗？

答：你什么时候看到回教徒的社会引起混乱的？他们的制度是一夫四妻，有能力的男人就允许这么做。这一点，我很佩服回教徒的聪明。他们的智慧是高过其他宗教与法律的。

相反，在西藏山区，目前还有一妻多夫的制度，为了令羊群不分散，为了兄弟之间的和睦，不单四个，六七八个丈夫也能相安无事地服侍一个老婆。

你要是反对回教徒一夫四妻的妇权分子，快到西藏去吧！

问：那么你是赞成滥交的？

答：问题并不在于滥不滥交。有些人的遗传基因是生出来播种的，他们的性能力特别强，精子也优秀，所以一个女人不能满足这种人。要用婚姻制度来限制他们，是野蛮的行为。

问：不怕爱滋病？

答：做好安全措施，有什么好怕的？

问：女人总是想嫁的，要是嫁不出去怎么办？

答：因为大家都结婚，这些人没有嫁过，所以想嫁，就是王尔德所讲的好奇了。当今社会嫁不出去的女人很多，她们不是第一个。甚至于不结婚生儿育女，现在也相当流行，没什么了不起的。不嫁就不嫁嘛。为什么要为了一个愚蠢的制度去烦恼？

问：那为什么还有那么多人赶去结婚？为什么他们要结婚？为什么他们会结婚？

答：一时的冲昏了头脑。

爱到浓时，只想和这个人二十四小时长相厮守，大家就结婚了。要是能保持清醒，当然不会糊里糊涂地走进教堂。

问：你相信离婚这一回儿事吗？

答：不相信。

问：不相信？

答：不相信。因为这是一种承诺，我不相信答应过的事不遵守的。现在已没有指腹为婚的事。你结婚，因为你爱过，没有人用枪指着你的脑袋。

问：但是人总会变的呀！

答：不错，所以结了婚就要期待对方的转变，去适应对方，或者让对方适应你。如果改变到大家都成为一个不同的人，那么你已经不是对这个做过了承诺，可以离婚。

离婚有种种理由，最直接又最爽快的是不能容忍的意见分歧。如果有自由的婚姻制度，那么就应该接受这个单纯的理由，别再拖泥带水，折磨他们。一二三，就那么简简单单地让两个永远痛苦的人分开好了。

问：子女呢？

答：问得好，最应该考虑的是下一代，为了他们而勉强在一起，甚无奈。但也是要接受的事实。所以我劝喻对婚姻制度没有信心的人，即使结了婚，也不要生儿子。

问：**到底有没有完美的婚姻？**

答：有的。我父母就是一个例子，他们真是白头偕老。看到许多老夫老妻手牵手散步的情景，我心中便起一阵阵的温暖。他们在一起，并不是婚姻的制度，是一对老伴，也许其中有很多无可奈何的意见分歧，但始终接受对方的缺点、爱护和关怀，多过一切。

问：**你赞成婚外情？**

答：举手举脚赞成。婚外情能增加许多婚内情的情趣。偶尔来一下，不伤大雅。结了婚几十年，性行为变成单调，有些变化总是好的。不过绝对不能让对方知道。而且，丈夫有了婚外情，就要允许妻子有同样的权利。

问：**问了你那么多关于婚姻的事，还没问过你本人结了婚没有？**

答：结过。在法律上。

訪
問
自
己
（
关
于
旅
行
）

问：你说你已经不会回答重复的问题，我记得你还没有说过旅行，我们聊聊这一方面好吗？

答：一讲起旅行，许多人都会问我：你有什么地方没去过？真可叹。我没去过的地方多矣！每次坐飞机，都喜欢读机内杂志，各国航空地图对自己国内航线的地图画得最清楚，我看到那些密密麻麻的小镇名字，就知道自己多活三辈子，也肯定走不完的。

问：你最喜欢的是哪一个国家？

答：这也是最多人问的问题之一，和问我最喜欢吃什么地方的菜一样。我的答案非常例牌，总是说最喜欢吃的菜，是和好朋友一起吃的菜。最喜欢的国家，是有好朋友的国家。并非敷衍，事实也是如此，每一个国家都有她的好处和缺点，很难以一个"最"字来评定。

问：最讨厌的国家呢？

答：最讨厌那些海关人员给我嘴脸看的国家。老子来花钱，为什么要看你那些不理不睬的嘴脸？你是官，管自己的人民好了。我是客，至少要求自己的尊严。

问：那么下一次你就不会再去？

答：不。会再去。每一个国家的人，都有好有坏，不能一棍子打沉一条船。

问：像前南斯拉夫那种穷乡僻壤，你也住过一年，为什么不选欧洲更好的国家住？

答：那是为了工作不得不住那么久，但是我也爱上你所谓的穷乡僻壤。住一个地方，越住越讨厌是消极的。发现她更多的好处也是另一种想法。所以我常说，天堂是你自己找出来的，地狱也是你自己挖出来的。

问：怎样找？

答：从食物着手是一个好的开始，有很多你没吃过的东西，有很多你没尝过的煮法。观察他们的生活方式，研究他们的历史等等，都是空谈。最好的办法，是和土女交朋友。

问：要是东西不好吃，女人难看呢？是不是可以举一个实例来说明？

答：我到尼泊尔去，就能学习颜色的看法。尼泊尔一切都是灰灰黄黄地，当地人也觉得单调，染出来织布的绳线颜色非常鲜艳和大胆，冲撞得厉害，也不觉得不调和，这对于我画画很有帮助。

问：从旅行，你还能学到什么东西？

答：学到谦虚和不贪心，我最爱重复的有两个故事：一个是我在印度山上，土女整天烧鸡给我吃，我问她有没有吃过鱼？她说什么是鱼？我画了一条给她看，说你没吃过鱼，真是可惜。她回答说：我没吃过鱼，有什么可惜？另外一个故事是发生在西班牙的小岛上。一早出来散步，遇到一个老嬉皮在钓鱼，地中海清澈见底，我看到他面前鱼群很小尾，在另一边的很大，我向他说：喂，老头，那边的鱼大，去那边钓吧。你知道他怎么回答？他说：我钓的，只是午餐。

问：去完一个地方，回来可以做些什么？

答：最好是以种种方式把旅行的经验记录下来，能用文字的人写出来好了。或者画画，不然用相机拍，总是要留些回忆，储蓄来在老的时候用。忘得一干二净的话，以后坐在摇椅上，两只眼睛空空地望着前面，什么美好东西都想不起，是很可悲的。

问：你是不是一定要住最好的，吃最好的？

答：旅行分层次，年轻时拼命吸收的旅行，任何条件都不在乎。就算头顶上没有一片瓦，背袋当枕头也能照睡。经济条件得到改善，便要求吃得更好，住得更好，这是必然的。但是当你有了高级享受，就失去了刺激和冲动。每一个层次都有它的好处和缺点，不过一有机会便要即刻动身，不能等。

问：对于目的地的选择呢？

答：没去过的地方，哪里都好，可从到新界开始，再发展到澳门，新马泰，要避免去假地方。

问：什么叫假地方？

答：像日本九州的豪斯坦堡，很多香港人去，我就觉得乏味，它是一个假荷兰，说是一切依实建筑，但是走进大堂，就看到"出口"、"入口"的牌子，还有"非常口"呢。荷兰人哪会用汉字？真正的荷兰，也不过是十二小时的直飞。世界已小，不能浪费在假地方上面。

问：到一个地方去，事前要做些什么功夫？

答：买所有的参考书来看，详细研究地理历史文化，去的时候遇到当地人，对他们的国家有所了解，是一份尊敬，他们会更乐意做你的朋友，要是研究了竟然去不成，也等于去过了。

问：不过也有句古语说行万里路胜过读万卷书呀！

答：不对，读书还是最好的。读得越多，人生的层次越高，这是金庸先生教我的。他写小说的时候没去过北京，但书中的描述比住在当地的人更详细清楚。只要资料做足就是。高阳先生写的历史小说，很多地方他也都没去过。日本有几本极畅销的外国旅游书，作者从不露面，新闻界追踪，最后在一个乡下找到，原来他是一个从来没踏出过日本本土一步的土佬。

问：有很多地方我也想去，但是考虑了很久，还是去不成，怎么办？

答：想走就走，放下一切，世界不会因为没有了你而不运转的，说走就走，你没胆，我借给你。

问：**世上那么多宗教，你最喜欢的是什么教？**

答：睡觉。

问：**你是一个无神主义者？**

答：凡是有知识的人，不可能相信有神的存在。

问：**为什么？**

答：太多疑问了。太多不能解答的问题。

问：**对天主教和基督教也有疑问？**

答：圣经是一本很好的书，许多美丽的诗篇，数不尽的寓言。但是，作为事实，难于接受。

问：**请举个例子。**

答：像上帝创造了亚当与夏娃，他们生了两兄弟，一个杀死另一个，被驱逐到伊甸园的东方。在那里，他遇到另外一个女人，和她结婚生子。这个女人，从哪里来的呢？

问：但是宗教是用来信的，不是用来疑问的。

答：所以说有知识的人，不能相信。

问：**我常看你背了一个和尚袋，你是佛教徒吗？**

答：我希望我是，但是我不是，我的欲望太深，永远没有办法做到六根清净。用那个和尚袋，主要的是它用布做的，很环保、很轻。

问：**回教和佛教，比较起来，喜欢哪种？**

答：还是佛教。举个实例吧。华侨之中，马来西亚的很难和当地人通婚，这是因为回教的教规很严格。泰国的华侨就理所当然地娶起当地女人来，大家都是佛教徒嘛。不过你得取一个很长很长的泰国名字，你不能姓陈姓林姓王。说起来，佛教教规比国家法律轻松得多。

问：**天主教基督教信起来也很容易呀。不好吗？**

答：请别搞错，我并不反对人家信教，天主教基督教当然好，回教也好、佛教也好，禅宗则不管你认为好不好。我反对的，是迷教。

问：**什么叫迷教？**

答：迷恋上，不顾一切地牺牲自我，牺牲身边的人，就不好了。爱自己是好的，爱上自己，便有余裕去爱别人，应该有一个信自己的宗教。

问：**你相不相信有来世的？**

答：人死了，化成灰，不可能有来世，但是相信有来世也不错。像天主教徒，在医院里，临死之前是比别人快乐得多，他们认为这一生走完还有更好的天堂在等待着你，所以对死亡没有恐惧，这是天主教的唯一好处。

问：为什么你的办公室里有一尊佛像？

答：佛像的面孔很安详，看得十分舒服，我要是什么都不干的时候，也会去雕刻佛像。不过我雕出来的佛像比较像人，像普通人，像你我，大家较安详地笑笑。

问：你家里有没有供奉些什么？

答：我买了一个日本做的神龛，紫檀做的，很简单，很精美，把我父亲的相片放在里面，偶尔上一炷香。

问：为什么是偶尔，不是天天？

答：如果真的有神灵这一回儿事，那么我爸爸早已成佛了。如果真的有灵魂，那也该早散。要不然我烧一炷香，爸爸回来看我一次，烦都把他烦死。我这么做，只不过是我对他老人家的一种思念。

问：你对你的朋友变成虔诚的教徒有什么看法？

答：我小的时候，看到奶妈拜神，我问她：灵吗？有什么用？她回答说灵不灵我不知道，在拜的这一刻，很和平，很舒服。这种说法，我能接受。但是早拜晚拜，以为这样就可以赎罪，便觉得他们的知识有限。而且我许多朋友信了教，是因为他们有目的，有些是因为生意失败，有些是因为丈夫在外面有女人，绝大多数是生活空虚，没有其他兴趣和嗜好，求神拜佛最就手的了，要没有目的地去研究佛教，层次才高。我常认为佛教宣扬不广，只因为没有像西方的圣经写得那么好的一本书。如果金庸先生肯将佛经故事用他的方法说出来，一定很好听的。

问：有人看到你去黄大仙拜拜。

答：自己不会去，陪人去的。人家拜，我也拜，求个对方身体健康。这种低微和谦虚的要求，并不过分。

问：你在欧洲旅行时，看不看教堂的？

答：看。而且来得个喜欢。它们庄严的气氛，很容易受感染。我也爱研究教堂的建筑，每间出名的都不同，不过看的时候，总爱问这到底是神的力量，还是人的力量？欧洲的教堂和他们的皇宫一样宏伟，那时候的宗教权力不逊于皇帝，你来一座，我也来一座，大家都想要一个显示权威的代表作。

问：像你这种思想，会不会禅宗较为适合？

答：禅的道理，要空无一切，见佛杀佛才能做到。杀佛？太残忍了，我也不喜欢。

问：如果有一天，一定要你信一种教，你会信哪一种？

答：大概会是道教吧，比较像人做的事。尤其是他们对于炼丹养生之道，说起来很有兴趣。对于房术的研究，也很精彩。

问：密宗呢？

答：我每次看到欢喜佛，都发笑。

访问自己（关于袋）

问：你为什么老是背着这个黄色的袋，在电视节目中也常看到，到底是什么袋嘛？

答：和尚袋，这个问题最多人问了。

问：**和宗教有关的吗？你是佛教徒吗？**

答：我希望我是一个佛教徒，但是我的欲念太深，做不了佛教徒。所谓的欲，并不完全代表性欲，也包括了食欲、贪欲和人生的种种缺点。这些缺点或者也能说是本能吧。

问：**买的？**

答：和尚送的。这个问题我已经回答了很多次。其实你所问的一切我都回答了很多次，而且在自己写的小品文中已经提过。报纸的专栏后来也编成书，如果你看过我的书，那么关于我的事都写了，你还要听吗？我不想给读者一个印象，好像老是重复自己。

问：**愿闻其详。**

答：好吧。再次重播。很多年前，由吴宇森导演，我监制的一部电影，在泰国的森林拍摄。你知道啦，我们香港片子开镜时总有一个仪式，买只烧猪，拜拜神。

问：**泰国森林中也有烧猪卖吗？**

答：没有，泰国是一个佛教色彩很浓厚的国家，森林中没有烧猪，但是有很多庙，我托当地工作人员，从庙里请来了一位声望最高的僧人来主持开镜仪式。到场一看，是个很清瘦的长者，他念完经，洒过圣水，对我说：礼成。你还有什么愿望？我一定可以为你实现！

问：**那你要求些什么？**

答：片子是公司的，花钱请和尚也是公司，我当然不会为自己要求些什么。想了一想，这部电影全靠外景，一下雨，拍摄就泡汤。所以向那高僧说，"那么请你保佑我们每天是晴天，不下雨"。

问：**和尚怎么说？**

答：他回答道一点问题也没有，从明天开始就不会下雨，你们尽管放心工作吧。

问：**灵吗？**

答：唉，哪知隔日出发之前就是倾盆大雨，而且一下，就接连下了整整的八天，每天下个二十四小时。

问：**那你怎么办？**

答：怎么办？在那没有冷气的小酒店里愈想愈感到闷气，就跑到庙里，找高僧麻烦，向他说："喂，和尚，怎么说话不算话？你说过不会下雨的！"

问：那和尚怎么回答？

答：他态度安详，样子像佛，微笑着说："孩子，这场雨不是为了拍电影而下，是为了农夫们而下的。"

问：那你怎么说？

答：我还有什么话好说？佩服得五体投地，甘拜下风，双手合十，深深地向老人家鞠一个躬退下。

问：后来呢？

答：后来我们做了朋友，因为他会讲潮州话，我们能沟通，我一有人生的疑问就去请教他，见面多了，知道他虽然是和尚，但爱抽雪茄，又喜欢喝茶，就常买这些礼物去奉送，他觉得不好意思，就回送我和尚袋，说是熏过香，念过经的。

问：你一直用到现在？

答：怎么可以？脏死了，要常洗的，像换衣服一样换。我有很多和尚袋，除了这种黄色的，还有蓝色、灰色、红色和褐色。如果下次有新的旅行电视节目，我就会拿来衬西装，家父去世时，我还请朋友为我做了几个黑的。

问：通常人家问你，你都会那么长篇大论地回答他们的问题吗？

答：当然不会，我只是简单地说，你不觉得比你拿的袋子轻吗？女人问的话，我会指着她们的背包说：也比这个背包轻，你说是不是？

问：和尚袋中，装的是什么东西？

答：大哥大电话。我对这个名称很反感，如果是大哥，那么就有马仔为你提电话了，何必自己拿？所以我一定把大哥大电话藏在袋里。

问：还有呢？

答：还有银包呀，零钱呀，信用卡呀，草纸呀，电子记事簿呀！

问：有没有一瓶酒？

答：从前喝得多，的确放过一瓶半支的，现在少喝了，只有几包香烟，一个打火机。一个小型收音机，我喜欢听电台节目的。还有一个最轻便的相机，买过 Minox 间谍机，但嫌胶片冲洗不普遍。傻瓜机也用过，最后还是发现即拍即弃的塑胶机最轻最方便。

问：相机随身用来干什么？

答：有时到餐厅去，见菜单写在墙上的，就拍下来，省得一样样抄下来。

问：还有呢？

答：没有了。不过有时遇到有幽默感的女人问这种问题，我就会说，还有一个小袋呀，随时可以用。这年头这种事不是闹着玩的，名副其实地袋中有袋嘛。

问：在什么地方可以买到这种和尚袋？

答：在泰国。香港的话，顺便卖广告，可以到蔡记杂货店去找。

问：颜色都是黄得那么鲜艳吗？

答：我这个特别一点，布料是泰丝织的，亮得厉害。不是每一个人都背得起，需要很大的自信心。不然人家会当你发神经病，我是痴痴地[1]的人，不怕。

---

[1] 粤语"痴痴地"，即神经病。 ——编者注

访问

日本有家相当有分量的周刊，发了几个传真过来，说要做一个访问。

事先，他们把想写的主题告诉我，问的是有关一九九七，香港归还大陆之后，对民生有什么影响？至于电影事业，会不会依然走商业路线？写作方面，有没有之前的自由？出版社敢不敢什么书都出，或者它们将走自我检查的路子？

我一看这些问题，都是千篇一律，在多少访问中，我忘记回答多少次了。好，来就来，再讲一遍，也不会死人，问就问，照答可也。但问题还是不断。

杂志的预约，是三个月前，我行踪不定，哪知道九十天后在哪里？

礼尚往来，人家老远传真，他们有权问，我也有权拒绝，给人家一个答复总要的。便说不能肯定某年某月某日，是否会在香港，如果贵社尚有兴趣做，可在日后再做决定。

接着，这家杂志每隔三五天便来一个传真，想要一个确实的答复。其间，我人到纽约看景、回新加坡探母、到澳洲拍戏，总回答：迟点再说。

结果，明确了返港日期，便告诉对方可在办公室中做这个访问。

一有答案，杂志社的传真更勤，要求在前三天，先拍我在香港各地照片，最后做访问。

我回答说没时间拍三天照，要拍的话，可以在办公室中做访问时同时进行。

对方又要求了数封传真，我还是坚守自己的立场。

终于他们放弃，说只做一个访问，但需要两个小时，日子地点再三确定。

又来传真，告诉我他们的飞机班次，住什么旅馆，房间号码抵港后才知道，但订的是单人房三间等等。

临来香港之前，访问者又来传真，要求先通一次电话。到此地步，我什么都答应。

铃响。

"喂。"我说。

访问者一连串的问题，担心这，担心那，我一一回答，他听了我的声音，似乎安心许多，就挂了电话。

大日子来临，在约好时间的一个小时之前，这群人搬了很重的摄影器材，爬上没有电梯的三楼办公室，气喘喘地报到。

一个做访问，一个拍照，一个打灯光。

访问者是个矮小戴眼镜，约三十多岁的人，他眼光浮游，没有一个焦点，一见面，依足日本人传统，先递上一张名片。

摄影师满脸胡须，身上挂着三个同样的尼康F2相机，装着不同的镜头。一走进房间便这个那个角度看看，拉了一张椅子，爬高俯视，躺在地板上仰拍。

灯光师像他的影子，摄影师走到哪里他跟到哪里，然后他到处找插座，拿出一个笨重的变压器，将香港的220V转成日本的110V的电压。

"我们可以一面做访问一面拍照片吗？"访问者问。

我点头。

摄影师显然不喜欢办公室中的照明，先将我身后的窗子百叶帘关上。灯光师这里一支那里一支地打光，但不合摄影师的心意，向他大喝一声："马鹿野郎，干了那么久，连这几支灯都打不好！"

灯光师打躬作揖地道歉，重新来过。

访问者正正经经地坐在我对面，拿出一个很精巧的录音机放在桌上，按了开关，才问我："你介不介意我录音？"先斩后奏，还问什么鸟？但我装出微笑，做一个"请便吧"的手势。

访问者开口："据我们调查的共产党历史，他们解放一个都市之后，一定让人民有言论的自由，这便是所谓的百花齐放了。这段时间维持五年，之后共产党就开始他们的铁腕政策，把批评他们的人都清算，这也就是所谓的秋后算账。一九九七之后，香港归还大陆，同样事情也会发生，您说是不是呢？"

他妈的，我还没有回答，这家伙已准备好了答案，只问说是不是罢了。我正要开口，摄影师的闪光灯亮个不停，他在同一个角度，用同一个镜头，一拍就拍完那卷三十六张的胶片。之前，他还用即影即有的器材，先拍一张样板给我看。

第二个问题，第三个问题，访问者依样画葫芦地，问题问得长若缠脚布。问完之后，他又一口气地发表对此事的看法如何。

摄影师一卷卷地谋杀胶片。

访问完毕。

三个人站了起来，排成一字形的队伍，向我做九十度的鞠躬，功成告退。

微笑送客，发现整个两小时的访问，我连一句话也没说过。

名言

一位女明星说：

"什么东西都是脑筋决定的。知道自己要些什么，已经是一个很好的开始。这些钻石多漂亮！它们是我的好朋友。除了健康，钻石最重要了。

"我拍戏时永远不会坐下。一坐下服装便皱了。我经常问我自己：要给观众看到我最好的一面？还是要坐下？这根本不必去选择。

"不过，我穿衣服是为了女人；脱衣服为了男人。

"一个好男人一靠近我，我就一直感觉到紧张，性方面的紧张。

"性和工作，是我生命中仅有的两种东西。

"如果要我选择工作，或性，我会选择工作。我很侥幸，到目前为止，我不必做这种选择，至少一个星期之内不必。自从我长大之后，没有拥有这两样东西，不会超过一个礼拜。

"我找男人不会困难，他们会找到我。我在任何男人身上都会发现他们的好处。不，不，不能说所有男人，大部分的男人吧。

"我自己想做什么就做什么，大家都在忙着想别人在想什么。自己想东西，才叫做为自己活下去。

"幻想会使自己快乐。我们不必花脑筋去折磨自己。要照顾自己的身体，不如先照顾自己的脑筋。一直往坏处想，脑筋会起皱纹的。

"还是谈谈男人比较有趣味。

"男人很滑稽，当他们追求我的时候，把钻石链圈在我手腕上。得到了我之后，马上要把烧菜的围裙围在我腰上，我才不稀罕钻石的手铐呢。

"不过我也不会和男人辩论的，一辩论，哪有心情去做爱？

"有些女人不知道自己要些什么，我就知道自己要些什么。

"怎么去教那些不知道要些什么的女人？

"不熟的女人，我是不教的，我对任何女人都不熟。男人才熟。

"我相信性是一件不必羞耻的事。我看不出恋爱有什么罪恶。纵欲更是美妙得很。

"性和爱是世界上最伟大的东西。

"没有情感的性爱？不太坏呀。

"性是一种很好的运动,对我们的身体很有好处,尤其是对皮肤和血液循环。你看,我的皮肤多好,摸一摸呀,你会感觉到我的皮肤是很好的。

"最重要的是要先了解自己,知道自己要的是什么。了解对方?那并不重要。

"我也忘了对性需要的时候。我一直做爱,怎会不记得?

"我一直需要很多的男人。在一个下雨天的晚上,有多几本书看,比只看一本书好。

"而且,只有一个男人的时候,你会想去改变他。多几个的话,你就不必花工夫去改变他们了。

"女人花太多时间去说:不、不、不。

"她们一直在训练自己说不,结果到了礼拜六晚上,只有留在家里洗头。

"男人多好!没有一件事比把头靠在男人胸口上更舒服。可是也不必靠得太大力。

"我把男人哄得以为自己是英雄人物,不过经常由我说拜拜。

"我永远不明白,为什么女人会为一个男人要生要死。失去一个还有另一个呀。为什么要痛哭?痛哭的时候嘴巴向下歪,皱纹就生出来了!没有一个男人值得去长皱纹的。

"婚姻是愚蠢的,我不相信有些事对男人来说是好的,对女人来说是不好的。女人结婚时是结婚,男人结婚是有时结婚,有时不结婚，完全由他们决定。

"我们女人总比男人强，他们做爱做到疲倦时，我们还是可以照做下去。

"性爱是一切东西的原动力。我们有很强的欲望，才会用这些力量去创作。

"我工作时就不会和男人做，我要把这些力量省下来，放在我工作上。

"至于生孩子，我不想生。在我小时，有一个洋娃娃，我知道自己的孩子不是洋娃娃，你不能在玩厌的时候把它扔掉。我不是一个做好妈妈的人，我尊敬那些可以牺牲自己去做好妈妈的人。做母亲是全职的。我已经有自己的事业，我不相信我会把两种事业都做得好。"

说这些话的人叫梅·蕙丝（Mae West），她自己写剧本演舞台剧。到了四十多岁才拍电影，在好莱坞红极一时。

梅·蕙丝出生于一八九三年，那是一百多年前的事。

我们这一代

我们这一代，看到第二次世界大战的终结。

野蛮的日本军阀投降，残兵穿着破烂的衣裳，到我家门口乞食，家父并不白白施舍，嘱彼等把一块荒芜的地收拾干净，付出了劳力才给钱，他们很高兴地上路的背影，印象犹深。

生活开始转好，家父不知从哪里弄来一个玩具，是辆草绿色的美国大兵吉普车，铁皮做的，车头画着一颗星。车内有两个脚踏，一前一后的推动，整辆车便能行走。第一次拥有此舶来玩具，神气得很。

我们这一代，看到家母有一天嚎声大哭，原来是当校长的大舅，被共产党折磨至死，祖母也相继去世，身居南洋的家父，不能赶去吊丧，悲哀之极。开始，对死亡有了认识。

家中拥有第一个电话，是那么的喜悦。收音机巨大得很，丽的呼声[1]就很小，一个木箱子不停地播出广告，清晨它一早传来《溜冰圆舞曲》，令我们一群小孩对古典音乐有了认识。

我们这一代，开始读《希腊神话》，知道除了孔子的"己所不欲，勿施于人"之外，还有一个更广阔的思想世界，等着我们去发掘。

从书本中我们认识什么叫做言论自由，我们认识什么叫做军国主义，我们认识什么叫做独裁者。

新闻不是从电视机看来的，那是电影院里，正片尚未上映之前，来一段黑白片，首先出现一只白色的公鸡，拍拍翅，长鸣一声之后，便有伊丽莎白女王的结婚，生子。查理斯皇储逐渐长大，把两只手放在背后，学他父亲散步。

我们这一代，看到英国殖民主义的结束，非洲国家独立之日，当地英国总督临上船前，和新领袖握握手，说声"今天是好日"。以为是日常客套话，出口才知道说的对自己国家不利，即刻尴尬地收声。

大不列颠帝国再也不是"从不日落的国土"，一个个版图不见，到最后只死守着香港、福克兰和直布罗陀。现在连香港也失去。

美国的霸权主义抬头，在越南的势力最强，喜欢就支持一个贪污的总统，不高兴就派情报局人员参加暗杀行动。

---

[1] 丽的呼声是香港第一家电台。 ——编者注

我们这一代看到了肯尼迪遇刺的新闻，也看见了美国大兵，从西贡的大使馆屋顶坐直升机逃走。

对苏联的认识，是赫鲁晓夫在联合国中脱了皮鞋大拍桌子，向美国人说："我们将把你们埋葬！"

结果却听到赫鲁晓夫死去，埋葬的是他自己。

大独裁者也一个接一个地被铲除。

李承晚去国，朴正熙被刺杀，金日成病死，毛泽东也病死。

最激动的，是四人帮被捕，记得是陪了一个美国制片到澳门看外景，回来时在船上看到的消息，几乎不能相信自己的眼睛。

更高兴的是在电视上看到柏林围墙的倒下，证实西方共产主义的瓦解。

再没有比马克斯倒台那么过瘾，从他老婆闺房的那四千双鞋子，看到他亿亿万万的贪污。新闻片段拍摄了他们夫妇收藏的"名画"，张张都是低俗得再不能低俗的口味。可惜是马克斯夫人那个死八婆，到现在还在菲律宾唱卡拉 OK，可见所谓民主主义的弱点。

我们这一代，也悲哀地看到和我们一起生长的电影明星，一个个地消失：詹姆士·迪恩、玛丽莲·梦露、蒙高马利·克里夫特、猫王、尊连浓、奥黛丽·赫本、葛丽丝·凯莉，数之不尽。

崇拜的文学家，老舍、丰子恺、周作人等等，都被红卫兵折磨至死，这一场浩劫，是中国历史最黑暗的时刻，存有一点良知的人，都不能以功过来掩饰毛泽东的滔天罪行。

当然，我们这一代，也忘不了天安门的屠杀。

往好处想的话，我们只能说除了做历史见证，我们的生活质量不断地提高。

由一个沙沙声的七十八转黑唱片，听到镭射光碟中最清晰的音乐和歌声。音响的进步，比视觉快得多。视觉的变化，只由舞台变电影、电影变电视、电视变录影机，最后还是变回舞台去。

出版的发展，已达到顶点。古代书法家的字帖，我们看得比前人多出多少倍！字还是写不好，应该打屁股。在各大图书馆中，任何分野的书籍都那么齐全，世界各国的名著都有翻译本可以阅读。报纸杂志更令我们得到最新的知识。

电子数码的科技，加上无数的人造卫星，这个世界上已经没有新闻封锁，领导者如何愚蠢，也不能阻止人民知道旁的地方，生活质量正在提高。

我们这一代，经过那么多的知识输入，还不懂得坚持一点点原则的话，那么我们是白活了。活下去，就得活得一天比一天更好。这与贫富无关，是知足，是常乐。

大难未临头之前，已抢先去做走狗和太监，活着等于没活。精神已死，已不是活不活下去的问题了。

我想

男人要买一样东西的时候，向老婆说："我想买……"

太太已经打断："不要。"

"我还没说完我要买什么东西。"男人抗议。

"不要。"女人说。

"为什么？"男人问。

"不要就是不要。"

"你怎么可以先下结论？你到底有什么理由说不要？"

"我们家里的东西已经够多了。"女人说，"搬起家来，多么头痛。"

"那么你整天买衣服，买鞋子，买皮包，买化妆品，就不必怕搬家时头痛了？"男人已忍不住，数将起来。

"哎呀。"女人尖叫，"我扮漂亮，也是给你面子呀，不然跟你出去，人家说你老婆一点也不会打扮，那丢脸的是你还是我？"

"好了，不买就不买，说不过你。"男人想讲，但又怕带来一场夫妇吵架，就忍了下去。

"你想什么，说出来，别老是闷在那里。"女人不饶人地追迫。

男的知道要逃也逃不掉，唯有弄个陷阱，让女人掉进去。

"我要买的东西你不会反对的。"

"不管什么，不买就不买。"女的坚决。

"我要买颗钻石！"男人要等女人反对。

"钻石？"东西没看到，女人的眼睛先发亮。

"唔。"

"我错怪了你。"女人依偎过来，鬼头鬼脑地做出今晚来一下的表情。

"给妈妈当生日礼物。"男人痛快地说。

女人跳了起来："不！"

"为什么？搬家会有麻烦？"男人讽刺。

"她年纪那么大了，还学人家戴什么钻石？别人看到，还以为她是暴发户呢！"女人总是有理由反驳，"不能买！"

"但是，"男人做委曲状，"东西已经订好，还付了钱。不可以不要。"

"我不管你用什么办法，一定要把它退了。"女人狂吼，绝不留情。

"我想……我想……"男人口吃。

"你想什么？什么都不可以！"女人已接近疯狂。

"我想转送给你！"

"啊！"女人又要作拥抱状，男人避开。

男人为了争这口气，结果作茧自缚，本来想买别的东西，现在惹上身，非买钻石不可。

去过珠宝店后，男人到二奶家。

二奶看到那颗一克拉钻石，高兴死了，马上脱光衣服来个三百回合。

事后，男人说："我想买……"

"好呀，你要买什么，我陪你去。"二奶不问男人要买什么，兴奋地回答。

"我想买的东西又大又笨重，你不会嫌搬家时麻烦吗？"

"搬家又不用我自己动手。人人搬屋，天天在电视上看到广告。"二奶说，"要是怕他们粗手粗脚，可以叫那些专门替人家办移民的搬运的外国公司，他们连抽屉里的东西都替你包好，方便得很，付多一点钱就是。"

"唔，这才像话。"男人说。

两人拍拖，经过置地广场。

"我们到里面去替你买件衣服。"男人说。

"我和你在一起，还用穿衣服？"二奶笑着说。

男人也笑了，但感内疚，心想下次给家用，应该给多一点，让她自己去挑选好了。

车子从上环直往西环，男人带了二奶穿过大街小巷，到达一间古老的杂货店。

店主从后面搬出一个大石磨，放进车后厢。男人顺道在菜市场买了些东西，驾车回二奶家。

男人把石磨洗得干干净净，整个石磨有洗脸盆那么大，磨口有个小洞，另有一枝木柄，又原始又可爱。

二奶帮手把洗好的糯米放入磨口，加水，男人细心地旋转手柄，磨出米浆，用筛布袋装着，拆出石磨压着，等水干后，搓成米团，再取一小块，压扁，用来包韭菜粿。

这些都是男人儿时的回忆，他记得奶妈做的韭菜粿，天下第一。外面买来的，单是粿皮已不像样，非得亲手制造不可。他最原先的要求，就是要买这个石磨，在自己家里，主要工具的石磨已被否决，何况做什么鸟粿呢？

韭菜粿做成，热腾腾，香喷喷地蒸熟后，男人大嚼二十四个。二奶笑盈盈地把剩下的数十个拿去送给邻居，大家兴高采烈。

男人觉得这一天，过得很充实。

晚上回来，男人由口袋中掏出首饰盒，交给太太。

女人一打开，是一粒零点一克拉的钻石，大失所望，咒骂数十分钟。

男人没听进脑，卧床，欲进梦乡。临睡前，想着下次要买的是什么玩具。

一场闹剧

在《一个好人》开拍之前，成龙抽空到新加坡去检查身体，他已好几年未做这件事，不能再拖了。

替成龙安排一切的是经理人陈自强的弟弟，陈医生。

陈医生也是好人一个，喜欢帮助人，已出了名。何况这次是亲哥哥所托，疲于奔命。成龙每次出外景，带一班人，个个都到陈医生处拿了一大堆成药，为忘记戴套时急用，要是这些药搞不掂，返港后再去找他，也一定掂的。陈医生守秘的专业精神，更受到每一个人的尊敬。

由于事先讲好，成龙一抵码头，走进一间专家集中在一起的大厦，便能由头检查到尾，不必等待。

先是眼耳鼻舌，然后全身扫描，X 光片一照就是数百张，即刻在隔壁冲洗，马上知道结果。验血和其他检查也同样的快。

"你也顺便看一看吧。"成龙向经理人陈自强说。

"不要，不要。"陈自强拼命摇头，"有病自己知，检查来干什么？"

"哥，"陈医生说，"我们只有兄弟两人，大家年纪也不小了，你就检查一下，免得老母担心。"

对陈医生的诚恳态度和苦苦的哀求，陈自强也有一点动心。

"检查就检查，怕什么？"成龙再来一支强心针。陈自强再也不坚持，向弟弟说："你也检查！"

现代医学发达，仪器都装上闭路电视，病人和医生可以同时在荧光幕上看受检部分。眼医把几滴药水点在他们三人的眼睛上，瞳孔放得很大，样子古怪之极，大家看了都大笑。

"哎呀！"眼医喊了出来："不好！"

什么？三人大吃一惊。

陈自强和成龙都没事。陈医生的左眼，隔膜破裂，非即刻入院动手术不可。眼医用镭射光，替陈医生缝了二十七针。之后，陈医生不肯住院，一定要回旅馆，眼医是他的同学，拗不过他，让他先走。病人没事，医生反而先有毛病，怪事也。

检查结果，成龙一身，一点问题也没有。除了从前拍戏骨伤的旧患之外，无花柳、梅毒和癌症，他以后的女友，大可放心。

陈自强则是胆固醇已高到不可置信的地步，肝有脂肪、肺有气肿、眼有内障，等等等等，数之不清。

陈自强即刻把打火机、香烟和十数瓶 XO 白兰地丢掉，从此烟酒不沾，他发誓。

过了三十分钟，他开始后悔。

当晚，大家庆祝去也。老朋友陈浩也来了。红酒不要紧，喝一点反而对心脏有帮助，云云。

红酒当然不够喝，一瓶复一瓶，成龙发现陈自强的胸口染了一块红，掀起一看，有一个小伤口，是陈自强发痒时抓破的。即刻用胶布把它封住，陈自强喝得差不多，乘别人不注意，先行告退，这是他一向的习惯。

一班朋友继续到旁的地方饮酒作乐，回到酒店，已是深夜。担心陈自强，大家去敲他的门。

陈自强迷糊地开门。众人大吃一惊！

血染得整套睡衣皆是。冲进一看，床单和枕头也都是血！

陈浩大吵大嚷要送陈自强进医院。

骚动惊醒了陈医生，他检查之后说："没事，皮外伤，不必送院。"

"整身是血，你还说没事！"陈浩有点不相信的味道。

陈医生冷静地："你懂什么？那么多血？最多也不过五个cc，死不了人的。你紧张些什么？你是医生？还是我是医生？都是你们不好，叫他喝酒！"

陈浩醉余，情绪激动，被陈医生讲了几句，低着头，把罪过包在自己身上，哭将起来："是我不好，是我不好！"

陈自强看到弟弟那么骂人，又见好友为他那么伤心，也就向陈医生大嚷："人家好心，都是为我！你那么凶巴巴地干什么？"

"啊！"陈医生给哥哥责怪，这几天累积下来的疲劳一下子爆发，也大叫，"你为什么不问问我为了什么？还不是为你们，你们不领情，反来怪我，我有什么错呀！我有什么错呀！"

说完，陈医生掩着一只眼睛，另一只眼的眼泪一颗颗地掉落。

见到陈医生的可怜样子，做哥哥的当然忍不住，也跟着流泪。

"我知道你们都对我好！我知道你们都对我好！"陈自强说完，抱着弟弟和朋友，哭成三个泪人儿。

成龙看完这场闹剧，劝也不是，不劝也不是，最后只有摇摇头回房去睡。

翌日，陈自强终于听朋友的话，去看医生，流血不止也不是闹着玩的。

医生验完，向陈自强说："你的血太多，从今天开始，你每三个星期，去捐血一次！"

西瓜罩

有时候，逛百货公司，是一种消磨寂寞的最好办法。虽然是陪别人走走，但自己也得寻找乐趣。

走进女装部，友人看别的东西，我们可去研究香水，内衣部门更好玩，要是态度不猥琐，目光充满自信，什么地方都能去。

踏上三楼，整层都在卖女性内衣，墨尔本的百货公司比香港大上十倍。

地方大，选择自然多，晨褛、睡袍、睡衣、腰封、裤袜、底裤和胸罩。种类最多的，当然是胸罩了，一年有好几亿的生意。

一般的胸罩，价格由港币一百元到一两千元不等，颜色有：白的、黑的、红的、蓝的、紫的、银灰的，也有皮肤色的，有些薄如避孕套，有些厚如鞋底。

运动家型的、良家妇女型的、情妇型的、变态婆型的和刚发育型的，应有尽有，任君选择。

客人并不一定全是女性，各个年龄群的男子也到这部门购物，可以买来送女朋友、老婆、女儿、情妇，甚至老妈子或外母大人。以胸罩当礼物，行李包不超重，价钱合理，物轻情重，何乐不为。

走完一圈，正想离去。看见一个四百磅的大肥婆，摇摇摆摆地走了过来，目光不禁随着她移动，见她一个箭步，走向她熟悉的摊位，从架上一手拿了一个倒吊着的白色通花大胸罩，试也不试，就到柜台付钱。

充满好奇心，即刻走到那个角落看看。

原来货架的乳罩，都是为特异身材女士而设，有二十四、二十六、二十八。

二十八英寸不算大呀？

"澳洲的尺寸，是从十、十二、十四算起。"售货员亲切地解释，"这等于别的地方的三十二、三十四和三十六了。"

"最大的呢？"我问。

"刚才那位女士选的不是最大的。"她说："最大的是二十八，等于你们的五十。"

哗。

至于是什么杯呢？当然不是茶杯啰。

澳洲的杯和香港的杯却是统一的，用 A、B、C、D 来代表。杯怎么量呢？很简单，由女人的乳首开始计算，下半个乳房和躯体之间的距离，便是杯的位置。换句话说，乳首和背部加起来叫

E 线，躯体叫 F 线，E 线大过 F 线一英寸，即属 A 杯，大过二英寸，就是 B 杯，大过三英寸，便是 C 杯，大过四英寸，变成 D 杯了。

还是搞不清楚吗？让我慢慢解释，有些女人虎背熊腰，躯体大得不得了，但乳房却很小，也可以穿三十八英寸，但看起来一点也不像三十八，如果用 ABC 杯来量，那就原形毕露了。

还是不懂？唉，马马虎虎算了。

东方女人多数发育不足，穿着 A 杯，有的还可怜到要着最小三十 AA 杯呢。如果能有 D 杯级数，已属犀利。西方女子，特大是杀死人的 F 杯!

售货员拿了一个二十八 F 的给我看。这个五十英寸的罩罩，用软尺一度，直径足足十二英寸，深度七英寸，问你怕未？

此大胸罩布质极差，上半球部分有通花的绣织，下半球是块白布，底有铁线箍住，中间还有一个俗气的蝴蝶结，亮晶晶地闪着。乳罩带子普通的只有一公分，但此怪物有三倍的三公分，可以伸缩。背部的铁扣，通常只有一至二个，但它有六个排着队。

研究了一轮，不买不好意思。

"就要两个吧。"我向售货员说。

"谢谢。"做成生意，她满高兴地问，"是送给您太太的吧？"

呸呸呸呸呸。

拿回办公室去，大家都啧啧称奇，乐了一大阵子。

成龙也围过来看，我解释 ABC 杯的道理给他听。

"不懂！"他摇头走掉。

说的也是，会脱就是，懂得那么多有什么用？

翌日，逢礼拜休息，工作人员都拿了相机，到维多利亚市场去拍照留念。

"不如改变一下，拿个录影机去拍吧。"我说，"拍完翻录，每人一盒，更有纪念价值。"

众人赞成。

去市场逛完之后，买了两个大西瓜，装进那大乳罩中，叫同事当菜篮提着。

我先把录影机镜头对着过路人拍特写，看见那西瓜罩，每个人都捧腹。

再拍提着西瓜罩的同事大摇大摆地走过，待稍后剪接成片段。

但一个笑料不够，必须追击，才能保证票房，又叫道具的两个长得像双生的兄弟梁锐能及梁锐棠抱在一起，头上各一杯地戴那个乳罩当帽子，扭着屁股招摇过市。

路人笑得跌倒地上，拿录影机的手也提不稳，跟着笑得跌倒在地上。

蔡氏出品，必属佳品。

变
脸

　　问女人："你们为什么要化妆？"

　　对方感到惊讶、不安、受辱："你怎么这么笨，问这种愚蠢的问题？我们天生下来就得化妆，我们从在胎中开始，已经学习母亲天天的化妆。还有，我们是为了你们男人而化妆的呀！"

　　女人为男人化妆？我半信半疑。我认为女人是为了自己而化妆的。

　　经常，和一个女人上床之前，她会说："我先去洗一个澡。"

　　这一洗，连脸上的东西也擦掉。走出来，吓得你一跳！什么胃口也没有了。她说道已将得到你，会为你化妆吗？

　　据社会科调查，男女离婚，大多数是因为女方喋喋不休；有小部分，是因为男方在新婚的第二天早上，认为新娘子太丑。

　　这不是在说笑，为一部电影，我曾经雇了一艘轮船，一路由香港拍戏拍到新加坡去。浪大，大家都晕船作呕，但也得继续工作，先拍小孩子的部分。第二天，第三天，我看到一个陌生女人一直和我打招呼，认不出是谁。问了同事才恍然大悟，原来是我们鼎鼎大名的女主角！没化妆，面貌普通得连一个女侍者都不如。

又在邵氏片厂的化妆室中，常看到没有化妆的大明星出没。当年化妆品质素不高，又因为舞台及电影的专业化妆品中含有大量的铅，长年侵蚀下来，令到她们脸上生了一块块大黑斑，也蛮可怜的。

女人的化妆，有些是为了自己的尊严。家母每早起床，洗脸冲凉后，必施薄粉，才走出卧室，数十年如此，老人家今年已是八十七了。

有一个朋友娶了位贤淑的太太，她一定比丈夫晚睡，卸了妆，才自己去睡。然后一定比先生早起，化好了妆才见人。朋友说："这么多年来，我从来没看过我老婆不化妆的面孔。"

我觉得这种女人很伟大。

也有一点胭脂粉扑都不施的女人，清秀自然，为我画插图的苏美璐，就像一位不吃人间烟火的仙子。

但是大多数女人都把自己的脸当成一块油布，画了又画，涂了又涂，一层层地加上去，如果从横切面计算，至少有十八层左右。

经常在八卦杂志上看到什么名流太太的尊容，实在画得令人毛骨悚然，拍照时还永远睁大了眼，白处居多，剩下两小点在飘游，恐怖到极点。

眼镜也是脸部化妆的一部分，在七十年代还流行戴了一个镜框特大的，曾经在那么一个女人的家中过夜，三更起床去洗手间，看到她摘下的大眼镜放在餐桌上，吓个半死，以为她被人斩了头。

调查中环上班的女人薪水，至少有一成是花在化妆品上。要骗女人的钱实在太容易，只要生产一种新货，宣传说有效，她们必然争着来买。化妆品公司也着实厉害，做了许多的小样品送人，又经店员推销，一下子就上当，女人把洗手间和冰箱变成柜子，怎么塞也不够位置摆她们的化妆品。

古时没有百货公司或化妆品商店，女人最大的乐趣是等货郎挑着担子来卖，和当今的抢购热潮没什么分别，胭脂和粉扑，比食物还重要。

其实化妆也可以说是一件很浪漫的事，像才子佳人，翌日起身，拿了柳枝烧了，为仕女画眉，此种情景简直羡煞人也。

青楼之中，名伎拿了涂口红的胭脂搽在乳首上，也是性感得要死。

最倒胃的莫过于看到像马克斯夫人那种庸俗老女人的化妆，立法局应该通过一条禁止她们变脸的法律。这种女人什么东西都敢往脸上涂，包括羊胎素也照用。咦！羊的胎盘呀！那种形状一想起来就恶心，她们还洋洋得意地当宝。

这世界是公平的，漂亮的女人化了妆更美丽，像昂山素姬。

丑妇如江青，在法庭上受审，嘴唇还画得像一颗樱桃，本来已经够尖的了，经这么一涂，更难看得夺人性命。

丑女人永远不自觉，一直学人家买化妆品。不过话说回来，世间这种女人十之八九，不靠她们购买，化妆品公司迟早倒闭。

最讨厌的莫过于一些转轵的八婆，像鲁迅骂蒋介石所说的：一阔脸就变，所斩头渐多。她们是不需要化妆品也能变脸的，左一个面孔，右一副相貌。数十年后，还不是照样被人瞻仰遗容。

说什么，化妆还是可以饶恕，整容就不能原谅。父母生下血肉之躯，一刀刀地割开，加个下巴，注满额头，弄个钩鼻子，一到老，怎么洗也洗不脱那个划一的丑态，有如弱智者，都长得一样。那是自己招来的罪，谁都怪不了。

老松的故事

昨天晚上喝醉了酒，踏着月光，散步到一棵巨松的下面，仰天躺下。

全身舒服愉快到极点，对着松树，问它道："你感到我醉的样子很可爱吧？"

迷糊之中，我看到松树会动，伸长了似手臂的树枝，要把我扶起来。

我推松，向它说："不必，请你走开。"

"你这个人，我好像见过。"

有鬼。半夜三更，四周无人，哪来的声音。

"你好。"这句话发自松树，错不了，是它在向我打招呼。

一棵会说话的松树！怕什么？好玩。

"大家好。"我回敬，"你在什么时候见过我？"

"在七八百年前。你的声音和举动，都有点像一个姓辛的人。"

"我要是宋朝人，那就好了。"我说，"可惜活在今天，没趣，没趣。"

"这话怎说？"松问。

"唉。"我叹了一口气，"我天生个红脸。人家酒喝多，才生个酒糟鼻；我可能喝得更凶，长了个酒糟脸吧。要是活在古时候，朋友一见，一定会说我是红光满面，前世修来的福气；但是现代人见到我，第一句话，就说我是血压高。"

松树笑了："做现代人也不错呀！至少要去什么地方，都可乘飞机。"

"我们发明了飞机，也发明了大炮。"我皮笑肉不笑地，"还有原子弹、氢气弹、核子弹，什么都有，拍电影更有肉弹，厉不厉害？"

"你们就是喜欢永远争争吵吵。"松说，"像我活了几千年，什么事没看过？你们这么短短的几十年工夫，吵些什么？我看你们，就像你们看到蚂蚁一样，忙忙碌碌地，一点也不会享受人生。"

"是人家要吵呀！"我不赞同，"像钓鱼岛事件，人家犯到你头上来，还不吵吗？"

"保护国家是大事。"松树说，"但是你们现代人已没有什么国家观念，应该没有国界才对。要保护的，是你们自己，和你们的家庭。"

"那不是很自私吗？"

"总要有个出发点。"松说，"爱自己，才会去爱别人。"

"那么这个问题怎么解决？"

"在你这一辈子，是解决不了的。"松说，"留给历史吧。"

"还是先和他们打过才说。"我激昂地。

松树似僧："你们现代人很聪明，已经学会打仗是很花钱的。先进国家从来不打仗，只把已经落后的武器卖给落后的国家去打，像伊朗、像伊拉克、像波斯尼亚。不过先进国家还是照样互相残杀，用的方式不同罢了。大国打的是经济战，先把基础打好，再拼命去做生意，把东西卖给敌国，赚他们的钱，赚到对方叫救命，还有什么可以打的？落后国家没生意做，只好买武器来打，还有拼命生儿子了。"

我知道老松说得有点道理，但气还是难消："你这种看法，不怕人家说你是汉奸吗？"

"别人说你几句，你就要假游行假抗议吗？"松说，"你自己不愿意做的事，就别去做，何必因为人家说你，你才去做？要抗议要游行，要出自内心才对。"

"但也不能光坐在家里，等日本人去建灯塔呀！"我大声地叫了出来。

"这件事的确是做错的。"老松说，"但是你总要明白，每个国家都有坏分子。这是激进的、好战的那群去学校学空手道的坏蛋做出来，一般日本人还是温和的。这些坏分子不多，你看他们的自卫队，要出高薪才请到人。要是大众都好战，早已报名报得满额。日本政治控制在一群老人手中，他们都有阴魂不散的军国主义思想，所以放纵这群好战分子胡作非为。年轻人只懂得吃喝玩乐和做生意，等这群老人一死，什么事都好说，你要钓鱼岛吗？好呀，几十亿美金卖还给你。你不要吗？慢慢谈。把责任推给美国，你去和美国人打交道好了。或者，几十年后，美国也要靠和中国做生意起家，那时候，美国人一出声，叫日本人双手奉还给你也说不定。"

"但是地图上看起来，明明是我们的。"

"地图每天在改，要是根据成吉思汗的地图，我们的领土横跨欧洲呢。"老松说，"有一点你必得承认，就是一个国家之中，有好人，也有坏人。我相信，要是你遇到一个西藏人，他会说你是一个好人。"

"到底钓鱼岛属于什么人的嘛！"我大喊。

老松说："不属于你们人类的，属于我们大自然的。岛上千千万万棵松树，已在那里千千万万年，有什么人在那里生存得比我们久？"

音乐人生

音乐是我最少谈的一个环节。

但我还是十分爱好的，尤其是古典，更会投入沉迷。

小时候接触的是些抗日歌曲，因为胜利之后，所谓靡靡之音的爱情作品来不及面市，到歌厅去，看见一个穿着钉珠片，开高衩旗袍的女人，站在台上，高歌"不打胜仗回家乡，无脸见爹娘"，是一件近于疯狂的事。

念小学时受了一位长辈的影响，开始对进行曲有浓厚的兴趣，尤其爱听苏沙的作品，储蓄零用钱，买了不少七十八转的黑胶唱片，全都是各国的进行曲。

之中，有一首取自意大利歌剧《阿依达》的凯旋曲，加上看了一系列美高梅制作的马里奥·兰沙的电影，就立志要成为男高音。

马里奥·兰沙很年轻就逝世，死前录了《学生王子》全部歌曲，后来由艾门·布顿对嘴代唱，我听了几百次之后，几乎所有歌词都能唱出，对海德堡这个大学都市印象尤深，后来去玩的时候，还想在教堂中大唱《圣母颂》。

在那几部马里奥·兰沙的电影里，他主演过男高音基利的传记，对基利这个人有了认识，便拼命去找他的唱片，结果发现基利的歌声的确比马里奥·兰沙的好得多，也自觉永远学不到基利的地步，便结束了想当男高音的时代。

有天上香港电台的杜小姐节目，她要我选几首歌来谈论，我挑的都是些英文歌曲，总觉得比那些沉闷的歌剧更能接触广大的听众。

第一首是《当我们年轻的一天》，这是我躺在一个年纪比我大的少女的怀抱中听过的，毕生难忘。

当年又为华尔兹舞曲沉迷，收集无数约翰·施特劳斯的作品，整天幻想参加舞会，转了又转，大跳其舞。后来在东欧拍戏，租了个行宫，请六人室内乐队，点着蜡烛跳舞。去东欧才有这种享受，西欧国家富有，物价高昂，想过王子伯爵的生活片段，已做不到。

再选《别怪我》，是我念中学时赚了稿费，带女友到夜总会，耳鬓厮磨听到的歌。

《迷惑》是电影《黄昏之恋》的插曲。加利·古柏演一个中年玩家，去到什么地方都带了四人乐队，拉小提琴演奏这首曲子。赫本是位少女，自小由当私家侦探的父亲的档案中研究玩家，迷恋上他，把自己扮成一个多情的女子，拥有许多追求者，让玩家深深地感到迷惑。

我从小就常跳出时空，像听《当我们年轻的一天》时，已感到像今天一样老了，缅怀过往。在看《黄昏之恋》时，憧憬男主角的生活：当老的一天，得少女之爱，那有多好。人生不如意事八九，至今还是落空。

唱这首歌的是纳京高，咬字之正，前无古人。我们欣赏乐曲也同时享受到歌词之美。当今的歌手，十个之中十个听不出唱些什么，如果喜欢上一首歌，也只爱上一半罢了。

杜小姐不明白我为什么要选一首不经传、不留世的《我再也不应爱了》。

主要的是，活至今，发现快乐是最重要的，所以自幼爱娱乐别人，也喜欢他人带给我欢乐，很自然地选择了干电影这一行业，专拍一些毫无意义，只求娱乐的电影，认为这已够了。

这首歌的歌词非常抵死，歌者说："你恋爱后会得到些什么？你得到的只是肺炎！！"

把肺炎带入恋曲，亏得作词者想得出，第一次听时笑得从椅子上跌地。

幽默感，是人生的真谛。

时间所限，我爱的歌曲不能一一播出，但现在以文字交谈，可多点篇幅。喜欢的当然包括多首披头士的名曲，猫王的情歌也数之不尽。除了《蝴蝶夫人》、《卡门》等等名歌剧之外，轻歌剧，如罗渣和威马斯坦的《南太平洋》、《奥克荷马》、《回旋木马》等，也都爱听，当然也少不了《魂断西域》。

不能多谈音乐，是因为我对所有的爱好都会沉迷，现在的书法、篆刻、写作和做生意，时间已经不够分配，若有剩余，我还爱京戏呢。

在回忆这一生的片段中，流行歌曲占很重要的部分，像一部电影的背景音乐，听到什么歌，就会跳入那个时候发生的事里，近年少用中文歌来代表时代，是因为本地作曲家和歌手都强调所谓的原创音乐，但是原创得一点也不好听。要我选择，宁愿取像谭咏麟时代唱的韩国歌或日本歌，较有韵味。

最后选的是一曲《吻我，蜜糖儿，吻我》，当年是被禁止的，比起现在惠特妮·休斯顿的《情妇怨曲》或麦当娜的《我要裸体献给你》等等，已是幼稚园。

音乐和其他文化一样，是不能禁的。谁有权力去禁艺术作品？谁有资格？当了检查局的官，便要做出官样，禁这个禁那个地表现权力，是落后国家所为。我一向强调的是，要是未成年者不懂，那不产生坏影响，如果了解，已是大人，应有自己的判断力。我们为什么要遵守别人强加在我们身上的道德观？而这道德观又是那么脆弱，过几年便被打破，昨日被禁的《吻我》，今天是小儿科，那么我们不是成为受害者吗？

半夜虹

这次去台北，最大收获，是客串参加了强道会。

强道会由一班出版商和他们的友人组织而成，台湾出版界，不像其他地方那么相轻，大家集合在一起，有说有笑地，非常融洽。

每个星期六，吃完中饭后，大家把车子驾上阳明山，停下，走入公园，爬至山顶。

约了好友余志刚先生，他是香港出版界前辈，现居加拿大，到台北做客，加上金石堂的周堂主，我们三人是嘉宾，由强道会会员李冠群兄带路，领先爬山。

一路濛濛细雨，又有另一番气氛，经过喷泉和瀑布，一直往上爬，石阶为花岗，不滑。周围灌木丛生，有许多原始的羊齿植物，留下深刻印象。

破坏景色的是那些扶手的栏杆，三合土造成，但扮树干状，漆上绿色，更是俗气。

爬至三分之一，我已要连口也用上，才能呼吸。渐渐落后，等走在前头的人休息好了出发，我才跟到，继续起步，气喘如牛，好歹才抵达山顶。

数间大屋，中间是开放式的厨房，架上摆着今天采摘的野生蔬菜，不下四十种，知道有大餐可吃，狂喜，疲劳一扫而空。

其他会友：户外生活出版社老板陈远建、远流出版社东主王荣文陆续来到。邮购大王李屏生、日谱大王吴其哲、版权专家萧雄淋律师和洪范出版社叶步荣叶会长也一齐来了。

老板娘拿出珍藏普洱，加上一把山里种的金银花，沏起茶来。一面品茗，一面由日语大王吴其哲说明强道会会规，我们叫他日语大王，因为他创造了一套日语教学法，二十四小时内一定学会。

吴日语说："我们这个会，为了大吃大喝，必须有庞大的会费，才能应付。而资本来源，出于罚款。我们每周六在山顶集合，缺席者罚一千台币，连缺二次，罚款加倍，有事要请假也行，得当面提出，罚款减半至五百。无故缺席者，次会大食，全席由此人付。但是所有会员都一齐缺席，而只有一个人出现，也要罚。"

"罚他干什么？"我忍不住问。

"众人皆醉他独醒，怎能不罚？"会长叶洪范笑着说。其他很多苛刻的会规，全由他订出，像不得驾车上山，否则又罚一千等。其实他为人最敦厚、慷慨，会费不足，每每由他抢着掏腰包。

为了避免劳烦他老人家，众会员任意提议罚款条约，有一人附和，即可通过。会员中也有律师，可作公证，绝对逃不了的。今天王远流迟到，萧律师代辩说因有要事，情有可原，众人马上责备当公证的，岂能仁慈？萧律师又乖乖地被罚了五百。

"我们的会，是不能退会的。"叶洪范说，"退会者，每周会费一千照缴，是终生犯。我们绝不讲理，本名是强盗会，但大家都是读过书，盗字难听，才改为道。"

说完众人又讨论是否应该树一旗帜，黑底上画一骷髅头，下面本应有交叉骨头，但因为大家都是爱书之人，画本书算了云云。

我跑到厨房，见老板兼大厨在准备材料，计有新鲜的牛膀、川七、红菜、人参菜、马齿苋菜、过猫菜等等，都是前所未见。有些连名字也没听过的野菜。

已经炖了四五个小时的九尾草土鸡锅热腾腾上桌，大家一二三举筷。所谓九尾草，吃了骨头不酸，又能利尿，实在是好东西，加上土鸡味美，每人连吞三大碗。

炒得最好的是芋梗，如拳头般大的芋头上，长出似剑的长梗，切后先炒一轮，再炆之，软熟甘香，绝品也。

其他蔬菜也新鲜可口。见有地瓜菜，原来是我小时常吃的番薯叶，请师傅用我奶妈的方法炮制：烫熟后切碎，淋上爆香的猪油，众人赞不绝口。

二十几道菜吃完，见邻座吃地道的福建炒面，已饱得不能再饱，还是要了一碟，大家你一口我一口，扫个精光。

甜品是会员自己搓的红白糯米汤丸，用姜糖煮之，中间无馅，但因亲手炮制，无味之物，吃出味来。

捧着腹下山，驱车到马槽温泉区，泡露天风吕，泉水热得烫人，但会规规定，不论温度如何，最后下水者罚五百，最先忍不住冲上者，又罚五百。众人满头大汗，但为了省那五百一千，你看我我看你，最后一齐投降，冲出水面，小鸡红肿，大叫过瘾。

此行最大毛病，是缺乏女色。古时候文人登山，携带青楼名妓，我们这一群，已无此福分，大煞风景也。

到酒店，已近午夜。十数小时的欢乐，一点倦意也没有，还想上街去吃切仔面。

回忆起来，印象最深刻的是归途下山时，天已黑，还是下着细雨，或是云滴，不知道。只见山的一边，露出个大月亮，幽谷中无云朵出岫，但见一奇景，是道彩虹。

半夜虹，世上数十亿人，能见者寥寥。

家父有放翁癖，回家告诉我们几兄妹，说看过一个榴梿，其大如面盆。我们几个，笑得流泪，大喊爸爸骗人。长大后，到泰国深山，竟然看到一颗面盆般大的榴梿，想安慰父亲，忘了。家父前年逝世，已无机会。

现在我舞文弄墨，也爱旅行，所见所闻，亦常被读者质疑。今晚的半夜虹，好在有强道会会友见证，此言不虚，特此志之。

冥府礼物

日子过得快，家父逝世，已两年。

中国人风俗，说这是三周年忌辰，应该大做。

明明只过两年，怎来个三周年？大概是有些人想早一点忘掉他们认为的烦事吧？但是我心中还是戴着孝，不能接受这个想法，等多一年，才会穿红色的衣服。

头发和胡子是给家母禁止下，剪短剃光。她有很好的理由：你听死人的话，还是活人的？

"要不要再叫和尚念经？"家人商量。

"算了吧，祭品弄得丰富一点，不就行吗？"我说。在做头七的时候，请来两名僧人，念经时听起来很熟悉，原来他们把经文谱上《月亮弯弯照九州》的曲子唱出，想起此事不禁火滚，心中大骂：秃驴！

"要买些什么东西来拜呢？"我们一家人，全无头绪。

"有了，"我说，"去问那些卖香油蜡烛的铺子吧，他们会教我们怎么做。"

第二天一早，一家人到菜市场去，买了五个苹果、五个橙、五个梨、五个奇异果，另外当然有鸡、鸭、烧肉、红龟粿等等。

"不能用五个去拜！"香烛铺老板娘说，"五个是拜神的，死人收不到，拜死人，只能用四个：四、四，死的意思，懂不懂？"

当然不懂啦，回忆葬礼时我们没照足规矩做，给亲戚责备，我翻脸无情冷冰冰地："又不是每天死父亲，哪懂得那么多？"

老板娘问："金银元宝买了没有？"

我们点头，这些我们学会，早已准备，并在前一天晚上折好。

"连纸衣服也买了。"我们说。

"箱子呢？"

"箱子？"

"是呀！不装箱怎会收到？"说完，老板娘从架子上拿了一个印着花纹的大纸箱，像古装片中看到的长方形衣柜。打开盖子，老板娘开始为我们一件件拾货。

"衣服买了，鞋子呢？"她问。

我们傻住："你替我们选好了。"

她放进纸鞋后再拿几件衬衫，做得像真的一样，上面印着是怡保牌，大概是马来西亚货，那边的工钱便宜，工也仔细，不逊Cianfranco Ferre 的设计。

看到有香烟和打火机，赶紧叫老板娘拿了十几包加入，不能分开卖的，打火机多几个没问题，可送阴间朋友。

还有眼镜，想应换新的，也多加几副。

"你父亲喜欢旅行吗？"老板娘问。

"喜欢。"我们说。葬礼时，我们还烧过一架波音七四七呢。

老板娘又拿了一本护照，写着"通行冥府"四个字，嘱我填上家父姓名和生卒日期。

"爸爸人那么好，怎么会去冥府？"弟妇问。她是日本人，不明白。

我说："中国人的天堂只有神仙居住，所以我们念经时要爸爸往生西方，早成佛道，现在在冥府只是暂时做客，玩一玩罢了，也不是太恐怖的地方。"

弟妇点头："不知道烧的元宝够不够？"

"有没有信用卡？"我问老板娘。

她更由店后拿出一大叠金卡，我临摹家父的笔迹，在卡背签上英文名。

箱子已装满，再也想不起有什么要添的了。老板娘把箱盖盖好，封上纸条，要我们三兄弟做上记号，说只有儿子可以寄出，女儿不行。地府也相当地歧视女性，我想。

"不必签名吗？"我问。

"画上圆圈好了。"她回答，"那里的邮政会认出是谁寄的。"

三人照做，画了圆圈，像三个鸡蛋。

一切准备就绪，老板娘拿了一个电子计算机，拼命按，也只按出四十多块钱坡币，合港币两百多，不可置信地便宜。

"哦，差点忘了。"老板娘说完又拿了一份冥币和茶叶及糖果。冥币每张五亿，有数兆元之多。

"不是已经买了吗？"我问。

"这是送给土地公的。"她解释，"烧祭品之前，要先拜土地公，他才会开门。"

他妈的真是个贪污的家伙，要是当地有廉政公署，非举报不可。

一群人搬了桌子，提着香烛及祭品浩浩荡荡地抵达家父坟前，见已有鲜花。

"经常有人送花，不知道是谁？"家父谊子汉明兄说，"是个旧情人就好了。"

事至如今，我们都点头同意。

在大树下点了香烛，诚心地求土地公开门，熊熊巨火，祭品很快地燃烧。这是好现象，好意头，表示家父会很快地收到，功德圆满。

众人合十。

小鬼出城记

我们几个人决定出远门。

计划一下，算过汽油钱和食宿，每人二十块已经够用。借了印尼华侨老苏家里的车子，是辆一九五四年的福特，红颜色，有个火箭型的电镀车头，尖尖地凸出。

"老黄有驾驶执照，由他开车。"

我们这群人之中，老黄年纪最大，已有十八岁了。老我们许多。但叫他老黄并非不尊敬，当时大家都不流行用名字，互相老来老去，以姓称呼。

"那么我不出钱。"老黄当司机，要领公费。

一行六人，他的那份由我们其余五人分担，每人多出四块，盘算一下，意见一致，提出条件："好，但是不准打瞌睡。"

老黄答应，我们便上路了。五四年福特，是手动挡，用驾驶盘后面那根棍子操纵。前面坐三人，后面三人，还是很舒服的。

整辆流线型的车像颗大炮弹，几十年后看来，还是件不朽的艺术品。

经长堤进入柔佛，直奔马六甲。

马路旁的电线杆，一根根地在眼前飞过，正觉得单调时，电线上出现了一点点的黑斑。仔细一看，是成千上万的燕子南来，整齐地停在电线上休息，各占一个位置，中间的距离像用尺量过那么准，车子走了一里路，还是不断地看到它们。老黄发起狂来猛按喇叭，咿咿呀呀的啼声震耳大作。天昏地暗，燕群的翅膀遮住了太阳，是难忘的奇景。

抵达一个叫麻坡的地方，没有出路，亦无桥梁，想再前进，只有乘很原始的渡河轮。

我们的车子驶入平板的船上，一艘可载四五辆车子，船一开动，车中很热，大伙儿走出来乘凉。

远处，见河上飘着一片云，是黑色的。

云向左吹，又往右转，一下子变阵，散得无影无踪，集合起来，又是乌云一片。

船上的人都慌忙躲进车子里去，我们不知道他们干什么，好奇心促使我们盯紧黑云。

一刹那间，黑云夹着滋滋的巨响，对准我们袭出，原来是一大群的蚊子！

说时迟那时快，蚊子一叮到我们便不飞走，直吸吾等鲜血！

连跑带跳地冲进福特，摇上玻璃窗，双手拼命拍蚊。口眼鼻舌，蚊子连耳朵也想钻进去，避得开外面的，躲不了里面的。浴血战斗了十分钟，终于将它们全部歼灭，地上蚊尸累累，我们双手是血。

互相一看，即刻哈哈大笑。每人脸上都有十几点红斑，浮肿着小馒头，大家忍着痒，表情古怪至极。

到了马六甲，已入夜。

一间间的小旅馆，只有二层楼，我们到处询问价钱，有的一晚八块，有的九元，结果还是给我们找到一家七块八毛的，决定住下。

六个人挤进房间内，还觉相当地宽敞，楼顶又高，挂着四翅的风扇不停地旋转。

"叫鸡了。"老黄大叫。

五个小鬼比他年轻五六岁，第一次听到这种大胆的宣言，一齐惊呼："什么？"

"马来西亚的鸡最便宜了，只要十块！不叫白不叫！"老黄说，"你们出去找东西吃，别打扰我的正经事。"

我们的脚好像钉在地板上似的，死也不肯走，其中一个嗫嗫地说："我要看！"

大家都点头同意。

"要看就要出钱！"老黄不客气地，"由公账拿出十块来让老子快活。"

好！我们毫不吝啬。

吩咐账房，不消一会儿，听到敲门声。

开门，站着一个穿黑色旗袍的女子，比我们高了一个头，非常成熟。数十年后想起，她当年也不过十六七岁。

"不是一块上吧？"她明知故问，我们拼命摇头。

一二三，她解开纽扣，一下子把整件旗袍脱掉，里面穿着很大的胸罩和很高的底裤，但皮肤洁白如雪，我们看得差点昏了过去。

少女把老黄拉上床，放下蚊帐，拉起被单。两人在里面搏命蠕动之外，我们什么都看不见，只觉血液沸腾，直吞口水，才能镇压要跳出来的心。

不到一分钟，拉开被单，见老黄垂头丧气，蛇样地躺着。少女在我们还没看清楚之间，已迅速地把旗袍穿回。

指着我们脸上的红点，她调皮地："羞羞羞，生花柳，活不久！"

骂人还押韵呢！我们一气起来，就往她的胳膊底抓挠，她笑得死去活来，团团乱跑。我们围了上去，她哪跑得掉？七手八脚地，就是不敢碰到她的胸部。

"投降！投降！"她笑着哀叫。

兴奋已过，我们这群小鬼已跑了一整天，大家都疲倦，就放了她。有的挤在床上，有的睡地下，进入甜美的梦乡，期待着第二天的旅程。

"当你恋爱的时候，这是今年最美妙的一夜。"收音机传来马里奥·兰沙的高音，我们撕破了喉咙，也要跟着他唱。

五四年的福特车一路前进。到了吉隆坡，饥火如焚，直奔唐人街，在一家戏院前面的摊子吃一碗水饺，从来也没看过像柚子皮瓣那么大的水饺，才两毛钱。

不够吃，又去桨厂街吃福建炒面，黑漆漆的，但味道浓郁，是平生未尝过的美味。

回教国家的火车站，洋葱头般的顶，一切经历都是那么的新鲜。我们拿出罗莱双镜头照相机拍下留念。怕背光，还用强力闪光灯补助，照得我们的眼睛都闭了起来。日后一看，所有照片没一张像样。

"我们不如去金马仑高原过夜吧，那边的房租比吉隆坡便宜，还包晚餐呢。"老黄以前来过，已是导游专家，我们无异议。

弯弯曲曲的山路，狭小得很，前面一有车来，必得回避，车子一路往上爬。

本来开玻璃窗才通风的，但觉得愈来愈冷，迫得要闭上。已经可以远望山顶的几家洋房了，其中一间有红色屋顶，一片云飘过，将它盖住，只露出上面的烟囱。

车子再往上爬，平地上出现一条街道，被浓雾包围着，老黄把车头灯打开，以防与迎头来的啰哩货车相撞。前面那家红顶洋房就是我们要住的小旅馆。

"这不是雾，是云呀！"我们这几个初中生跳跃。

赶忙打开窗子去抓云，手也不湿。生平第一次把自己的身体放在云中，或是雾中？原本云和雾一样，抓不到的。

真好玩，哈哈大笑，口中还喷出烟来，电影中看的没骗人。

踏入酒店客厅，噼噼啪啪的声音，是墙里火炉中的木块爆发。两个少女前来替我们拿行李，看来是混血儿，大的西方面孔，十七八岁；小的像东方人，但眼睛发蓝，印象最深的是她的双颊，像桃子般红。

"你们洗个澡就下来吃饭。"大的说。

不用登记，也不必先交钱，一切是完全的相信。

一群人走在前面。小的跟着我，我转头问她："这么大的地方，只剩下你们两人？"

"爸爸刚好回英国老家，我们还要上学，反正现在是旅行淡季，应付得来。"她说。

浴缸是多么的大，浸在热水中舒服无比。美中不足的是少女为我们下泡沫浴盐，有些还没溶化，刺得屁股痛。但不快感觉，很快地被香味驱走。

晚饭像少女，中西合并。有很厚的牛扒，也有炒菜心、炒 A 菜、炒芥蓝。年轻力壮的小伙子，多硬的肉也能咀嚼，我喜欢的是蔬菜，发现天气愈冷的地方，菜愈甜。

姐姐拿出一瓶红酒来，自己先喝了一口。

我们瞪住她。

"算得了什么？"她说，"酒是我们食物的一部分，从小就喝。你们也来一杯，怕醉的话，讨水喝好了。"

其他人宁愿喝百事可乐，还拿点盐放入樽，让它波的一声，发出许多泡沫之前，快点喝光。

我不客气地倒了酒，试了一口，很纯，不像偷喝妈妈的白兰地那么呛喉，但有点苦涩，我还是喜欢的。大的看在眼里，点头赞许。

妹妹收拾好碗碟，拿出个十六厘米放映机，这就是我们今晚的娱乐。熄了灯，放映机咔咔声地照出黑白短片，是多丽丝·黛唱的《月光湾》，银幕底边出现了歌词，字上有一小乒乓，随歌进行而跳动，大家唱道："我们乘着帆船，到月光湾上，我们听到歌唱，它好像在说，你已经破碎了我的心，现在请你别走开！"

想起数十年后才发明卡拉 OK，实在好笑。

十六厘米短片放了一部又一部，大家看得累了，喝得疲倦了，都回房去睡。我贪烤着壁火，躺在地毡上，不肯离开。

酒精发作，昏昏迷迷之中，我感到有人替我盖被。

睁着沉重的眼皮，我看到姐姐注视着我。

壁炉的火烧得眩目。

忽然她钻进我的被窝："两个人睡，不怕冷。"

只闻到她头发的幽香，不像是化妆品的。

拥抱了一会儿，她抓着我的手，伸进那件很厚的毛线衣里面。

"摸。"她说。

"我也要一起睡！"

不知道什么时候，妹妹也抱着棉被走了过来。

"讨厌，你滚开！"姐姐命令。

"不。"她不管三七二十一，钻了进来。姐姐叹了一口气，过了一阵子，就听到她的鼻鼾。

"你走了后，会写信给我？"小的问道。

"唔。"我点头。

她一笑。睡了。

我也跟着睡去。

明天一早，我们要去槟城。

跨越槟城要乘渡海轮，比在麻坡坐的原始交通工具要大出几十倍，航程也需半个小时以上。

在甲板上散步时，遇到三个女的两个男的，她们刚放学回家，和我们交谈起来，知道我们不是本地人，便自告奋勇地要做我们的向导。

"反正今天是星期六，玩晚一点也不要紧。"其中一个短头发的女子说，"槟城多名胜，升旗山呀、蛇庙呀、极乐寺呀。"

船快靠岸时，老黄看看四周："你们的车呢？"

"没有车。"男的摇头，"搭巴士的。"

"那怎能一起去玩？"老黄问。

"坐你们的车。"他说。

我们六人，他们五个，挤得下吗？

"试试看。"他们同声地说。

有的打横有的打直，试了又试，终于都上了车。而且大家都不感到辛苦，那才是怪事。

介绍的名胜都去过了，升旗山、蛇庙，到了极乐寺极乐一番之后，前面有个警察，把我们的车子截停，惨了，这下子可要乐极生悲了。

"你们都给我出来。"警察命令，"超过六个人就是犯法，知道吗？"

乖乖照办，我们走出来后拼命向警察先生求情。

警察说："好，你们再给我坐进去看看，挤得进去，我就不抄牌！"

大伙手忙脚乱地挤进福特，但一急起来，怎么挤也挤不进去。

折腾了半天，警察看饱了我们这群小鬼耍的猴戏，大乐，走开。

捏一把冷汗，很奇怪地，警察一走，我们又坐了进去。再不能乱走，送他们回家。

家住在一个马来乡村里头，是浮脚的阿答屋子，地板离开地面四五英尺，下面养着鸡、鸭和猪，要爬上楼梯才能入屋。

又吓了一跳，几个脸上涂得白白的妇人像鬼一样跳了出来，我们哗的一声。

原来这是槟城人的习惯，他们爱用一种凉粉，一粒粒白颜色的，装在玻璃瓶里卖。倒出几粒，加点水，便可涂在脸上，能去

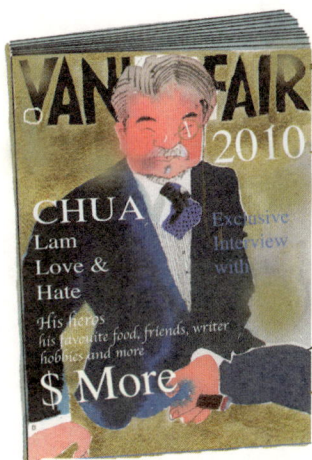

热、保护皮肤，除青春痘，效用无穷。

"客栈那么贵，就在我们这里住一个晚上吧。"小朋友的父母说。那是把陌生人欢迎进家庭的美好年代。

半夜，听到老黄惨叫一声，惊醒，开门一看，是老黄去了远处的茅坑，办完公事，以为是抽水马桶，用手去拉挂着的那条绳子，发现是一尾青竹蛇，老黄吓得魂飞魄散，裤子没穿好便冲了出来。

我们望着："白吃、白喝，还要白操，这是报应！"

是归途了。路好像比来的时候长得多，我们要驾二十四个小时车，才能回家。

到了深夜，一路上，我们看到有几宗交通意外，车子撞得扁扁的，里面的人不是死也是终生残废，看得心中发毛。

肚子有点饿，我们停在路边担子吃炒河粉。料下得极多，有虾、鱼饼、腊肠、小蚝、蚶子、豆芽、韭菜和葱，实在好吃。老黄叫了一瓶啤酒，说喝了壮胆。

"你驾车，不要紧吧？"我们都担心。

"包在我身上。"老黄说完把酒干了。

一路上，远处看到有迎面而来的车辆，我们必然把高灯闪下，变成低灯。对方一看到我们开低灯，也照做，这是公路上的不成文礼节。

前面来的一辆卡车，不打低灯就不打低灯，四盏大灯直照着我们的福特冲来，老黄的眼睛被缠得睁不开，急忙扭身，哝哝地一声，我们的车子在路面留下道深痕，差点出事。

"干你娘！"老黄粗口横飞，我们也干干声地附和。大家说："报仇。"

老黄把车子U转。追了上去，福特的马力不能小看，很快地越过刚才那辆货车半公里，再次U转。我们把车子停在路上，取出摄影机的强力闪光灯，对准迎面来的车，等到那辆货车开到眼前，忽然"咔嚓"的一声，闪出强光。

卡车司机急踏刹车，整辆车翻倒。

我们大笑之后，开始担心，要是弄出人命，怎么办？

要去救他，还是逃跑，几个念头，闪了又闪。到底年轻人是富有同情心和怜悯的，我们上前救急。

糟了，里面全无动静，一定是死了人。

怎么办？怎么办？我们这六个小鬼，有的怕得差点标尿，有的即刻哭了出来。

忽然，一只手抓着窗缘，我们都吓傻了，仔细一看，是司机爬了出来，他身上一点血也没有，一出来就视察车子有没有撞坏。

"不要紧。"他说，"叫拖拉机来就能搞掂。"

"发生什么事？"我们很怕他认出我们的福特。

"我……我……"他瞪着我们，"我看到了飞碟！"

几个小鬼，噗嗤地笑了出来。

轻松地再上路，继续大唱《月光湾》。

四十三年前的事，紧张、刺激、香艳、肉感，像发生在昨晚。

潮州人

广府人一提到潮州，便唱戏般地嘲笑："潮州音乐，自己顾自己。"

潮州人也会自嘲："潮州人，脚伸红红。""脚伸"，屁股的意思。这个"人"字的粤语发音为"打冷"的"冷"，和"红"字是押韵的。

香港人，六个人之中，就有一个潮州人，但是在这以粤语为主的社会，到了第二代，子女们已不会说潮州话，能听几句，算是好的了。

沿海地区，生活贫苦，潮州人有点像西西里人，为了生存，什么都干，当然包括黑社会。但是做正当生意的还是占大多数，香港的旧米铺和杂货铺，都是潮州人开的。

在本土活不下去，就往外跑，造成一股势力，泰国的中国人，多数来自潮州，新、马也不少。

这些华侨赚了钱寄回去，潮州有一个时期很富庶，年轻人游手好闲，称为"阿舍"，少爷的意思，他们专攻饮食，在这段期间，把潮州菜的文化发扬光大。

其实潮州府的人才能叫为真正的潮州人，周围的潮阳、丰顺、普宁、惠东等，都只能叫成地区的名字，像汕头，叫汕头人。而潮州府的人，却自称为"府域人"。

潮州历史相当悠久，公元五九一年的隋开皇时代开始叫为"州"，潮州在元朝改为"路"，明朝改为"府"。

从旧照片看，潮州大街上的石碑坊一个连接一个，重叠又重叠，非常有文化气息，极像日本的京都。经文化大革命，所有的碑坊都拆除，有的弃于路旁，公园中的石凳大多数是碑坊的尸体。

从香港人骂潮州人自己顾自己这句话，反映出潮州人给别人的印象是自私的，说的也不错，在贫困的二十世纪五六十年代，潮州人保护自己，亦无可厚非，但从历史研究，潮州人并不排外，只要人家对他们好，潮州人不管是哪地方来的，都尊敬。

而潮州人最崇拜的，是外省人的韩愈。

韩愈是唐代文学家、哲学家，字退之，世称韩文公，今河南孟县人，思想上尊儒抑佛，因谏阻宪宗迎佛骨，被贬到潮州来当刺史。

当年河上鳄鱼为患，韩愈治之，潮州人即跪地膜拜，并把这条河改为"韩江"。

从这一点，可见潮州人相当地可爱。

在饮食文化上，潮州人最喜欢吃的是冬菜，什么汤中都抓一把撒上。冬菜来自天津，潮州人不会因为这是外省东西而不欣赏。

潮州人又爱喝功夫茶，而茶叶多来自邻省的福建，煎焙茶叶的技术，他们做得比福建人好。

香港人认为潮州人都喜欢打老婆，家有千金，切莫嫁给潮州人。

的确，潮州社会中女性的地位是低微的，但这也是旧时代整个中国的风气呀。潮州女子个性坚强。最后，家庭的主宰，都是她们。不打老公已算好，男人怎敢乱来？

大男人主义的人，是先要爱护妻女，得到对方的尊敬，才有大男人可做。做大男人谈何容易？批评潮州人都是大男人，那是抬举了他们。

弱小的潮州庶民，到了外地，知道只有团结才能生存，旧社会的潮州人在香港，一被人家欺负，喊一声"是自己冷"，即刻有人来帮忙打架。是的，潮州人是热心的，但，也很孤寒。打架不必花钱，何乐不为？

我常问潮州人，子女不会说家乡话，是不是因为自卑，让第二代早点融入广府人的社会更好？当然这是原因之一，重要的是父母疲于奔命，没有时间去把潮语好好地教给家里的人。

学会了一种方言是件好事，至少到了泰国，可通。现在遇到自称是潮州人的香港男女，最多只能听几句，是多么大的损失。

基本上，潮州人本性善良，韩愈到了潮州，乘着轿子到处视察，田中有些农夫站着小便，看见有人来了，即刻背向，韩愈说潮州人本性上懂得廉耻，这个民族有救，可教也。当然，这也只是传说罢了。

到了香港，潮州人开始聚集在上环的三角码头，当苦力的居多。经商的则在南北行中建立他们的势力范围。在九龙这边，九龙城是他们的据点，本来上环还有几个地道的潮州菜馆，现在完全拆除了。九龙城剩下"创发"还可以称上好吃，其他餐厅已有许多粤式的菜式掺杂，并不正宗，年轻一辈，已分不出好坏，大家一起吃"麦记"快餐，真是可惜。

当今，一律称为香港人，如果你不提起，已忘记有潮州人这么一回儿事，但如果其中一个认说自己是潮州人的时候，你会发现身边有许多男女都说来自潮州家庭。其实潮州也在广东省中，好事是潮州人做，坏的都推说是广东人做。

李嘉诚是潮州人的福星，有了他，承认自己是潮州人并不可耻。至少，我们中间，有一个是香港首富。

潮州人正在沾沾自喜的时候，忽然又出现了另一个潮州人，说天下女人都是妓女，包括自己的老母也是鸡的詹培忠，潮州人又被吓呆，差点由坐着的椅子上跌落地，香港的潮州人，应该把这家伙开除潮籍。

非洲狩猎记

有一年，成龙受环球小姐选美会邀请，到南非去当评判。

美女如云，成龙印象最深的，还是总理曼德拉。

大赛完毕后，当局请成龙去看野生动物，并答应让他猎杀一头，以做此行之高潮。

由首都约翰内斯堡出发，乘五六个钟头的车才在傍晚抵达，当然全无街灯，酒店房间的锁匙，用的是一管手电筒，倒是相当地进步，以手电筒一照，房门便开启。

酒店派了两个管家给成龙，一个黑人，一个白人。第二天他们叫醒成龙，上路去也。

原来这两名管家是兼司机、导游及狩猎伴侣，先请成龙乘上吉普车，用被盖着他的双脚，以免寒冷的晨曦冻着身体。

经过数小时的路程，来到一片周围一望无际的原野，黑人管家忽然刹住了吉普车，跳了下来。用手指往一堆排泄物中一插，拿到鼻前闻一闻，黑人管家叽里咕噜。

"有一群豺狼一小时前在这里经过。"白人管家用南非英语向成龙解释。

黑人管家手也不抹，跳上车子，继续寻找踪迹。

"你要不要亲自驾驾车？"白人管家问，"他可以指路。"

成龙一向对开车很有兴趣，但望着那驾驶盘，他客气地笑着摇摇头。

空中有许多黑点在飞翔，黑人管家又叽里咕噜，白人说："你真幸运，第一天就可以看见狮子了。"

"怎么知道的？"成龙好奇地。

"那是秃鹰。"白人解释，"秃鹰出现，一定是在等猛兽吃剩的肉。它们是天下最有耐性的动物，不喝水不吃东西，一等可以等个七八天。"

车子往秃鹰处驾去，老远的，成龙看到了一群狮子。

车愈驾愈近，成龙心中有点发毛，问道："走那么近，不要紧吧？"

白人管家说："我们要假装谈话，狮子便不会感到威胁。在非洲，杀人最多的不是狮子或野豹，而是河马。"

"河马？"成龙不明白。

"是的。"白人管家说，"人们都以为那几吨的河马很笨重，哪知道它们跑起来一小时可跑五十多公里，河马经常比人类跑得更快，咬他们一口，才过瘾。"

成龙拍拍心口，好在只是狮子。

一片原野之中，车子忽然往下冲，原来是经过一个凹进去的山谷，等车子爬了上来，我的天，那群狮子就在成龙的身边。

领头的雄狮一面用口撕开食物，一面瞪着双眼望着成龙，其他数头母狮也对着他"狮"视眈眈，发出低吼。枯树上的秃鹰惊得拍翼飞走。

成龙全身暴露在狮群面前。

"听……听……听说前……前几天，有两个台湾游客被狮……狮子吃掉。"成龙记得要假装谈话那件事，寻找话题。

白人管家若无其事地："那是他们走下车，才会被咬死的。"

吉普车没有铁笼，下不下车，有什么分别？

雄狮吃完东西，就轮流和那几只母的交尾，用口咬着它们的后颈，和猫做那回事一样。有只老雄狮也想来参加性宴，给带头的那只狂吼一下吓退。

"看……看够了。"成龙说。

黑白无常才将车子开走，成龙出了一身冷汗。

车子开到一个水源处，停下，管家们在树下架起了营帐，打开折叠桌椅，铺上白布，摆好刀叉餐巾，拿出冰冻的香槟，让成龙野餐。

"要到晚上才有野兽出来喝水，到时找一只给你打。"白人管家没有忘记大会的诺言。

喝了酒，天气又热，成龙昏昏欲睡。

醒来，已入夜。

忽然，出现了一个都市，怎么会在荒野中有个都市？原来是无数的眼睛在闪亮。

哇！那么多的狮子老虎，冲过来咬人还得了！

黑无常叽里咕噜，白无常说："不必担心，那是羚羊羊群，有羊群在最好。"

"为什么？"成龙问。

"羊群在，表示没有凶猛的动物走近周围。"

这时，月亮从乌云中冒起，成龙看到一群非洲大象，数百只长颈鹿，上千只的斑马，都前来水源喝水，气氛安详和平，像释迦觉悟后看到群兽前来朝拜的情景，蔚为奇观，为世人难忘的经验。

"回酒店去吧。"成龙说。

白无常说："也好，酒店附近也有野兽，你随时可以杀一只。"

已经看到酒店，成龙看到一双眼睛，便向白无常要那双管猎枪。黑无常挥着双手，又是叽里咕噜地乱喊。

"他说什么？"成龙问。

"别杀这只。"白人管家说，"那是他家养的牛。"

降头的故事

今天重游吉隆坡，想起许多往事。

我曾经来这里监制过四部马来电影，都是卖座破纪录的商业片。它的市场少，要是能卖到印尼，已算很了不起了。马来西亚本身的观众人数，并不容许高成本的制作。我请了实力派的香港导演桂治洪，到处偷个剧本，十几二十个工作日就拍起一部很有水准的戏。

"什么电影最受马来观众欢迎？"我问好友李启英。

"喜剧、动作片、年轻人的成长。最好是悲情片，有多惨是多惨。"他回答。

喜剧抄了《女校春色》，是一部日本导演抄外国片的香港电影，一定错不了，结果不出所料，大卖特卖。

动作片抄了《夺魂铃》，岳枫导演的旧片，也赚了不少马来币。

年轻人戏抄张彻的《死角》，当年由狄龙主演，邱刚健编剧，香港卖座平平，在马来西亚却非常成功。

悲剧？有什么惨过《苦海孤雏》（*All Mine To Give*）呢？爸妈死后，由十四岁的大女儿把弟弟妹妹们一个个送给别人去养的故事，不挤出你的眼泪不罢休，香港已抄了一遍，叫《儿女是我们的》，马来片不妨再来一次。

一阵狂风扫来，马来西亚的电影制片厂传出由我和发行经理李启英来接管的消息。

这里的制片厂负责人某君以为保不住铁饭碗，非置李氏和我于死地不可，便去请了一个马来巫师下降头。

"哈哈哈哈！"我听到这件事后大笑，"天下哪有这种荒唐的事？而且那种破片厂我也不要。"

好友李启英缩缩颈项："降头这种东西马来人很迷信，连国际足球大赛前夕，也要请巫师来作法，要求天不下雨。反而到了旱灾，政府也会请巫师来求雨。"

"有效吗？"

"巫师一直求，也没答应过是不是明天就下，求呀求忽然有一天大雨，功劳便由巫师来领了。"启英再缩颈。

我又大笑。

"宁愿信其有。"启英说，"我已经打听到对方请的那个巫师的下落，明天我要去找他算账，你跟不跟来？"

这种经验岂容错过？李启英是一个口才很厉害的人物。他去交涉，是一大乐趣，当然点头。

车子由吉隆坡市中心出发，经一小时，到达椰林，再驶入曲曲折折的泥沙小路，前面有间树叶屋顶的房子，这就是巫师的家。

巫师见到我们，充满敌意，但也不敢即刻赶我们走。

李启英用马来话和巫师聊天，说的尽是一些不着边际的话，一面说一面缩颈。启英这个坏习惯改不了。巫师看得越来越心烦。

忍不住。巫师终于问："你为什么老是缩颈？"

"哦，"启英说，"这是一个心理障碍，有一天晚上挨到半夜，听到楼下砰砰碰碰地，知道大概是进了贼，我从枕头下拿出那把点二二口径的左轮手枪，走下楼，一开灯，果然看到那个贼拿着刀站在我面前，我很自然地反应，拿起枪瞄准着他，喝他把刀放下。他不听，反而向我冲过来，人家要杀我嘛，我只好先杀他，我对着他的胸口开了一枪。我以为点二二口径的子弹威力不大，打伤他算了，哪知道子弹刚好钻进心脏中，一下子把他打个烂碎。"

"那贼给你打死了？"巫师大惊追问。

启英懒洋洋地："当然死啦，心脏打碎还有不死人的，那些血像喷水一样溅得我整身。我每一次想起这件事，就要缩颈。"

"……"巫师吓得说不出话来，偷瞄启英的裤袋，鼓鼓地藏了什么东西？

"我现在问你一句,你说一句!"启英双眼露出凶光,"你到底收了多少钱?"

巫师气馁:"收……收了两百。"

当年的汇率,是八百块港币,八百块就要收买两条命,我们真不值钱。

"下了什么降头?"启英不饶人。

巫师战战兢兢地从屋子的一角拿出我和启英的照片,还有两撮头发:"是死降。"

"哪里弄来的?"启英望着头发大喝。

照片很显然是报纸中撕下来,但头发到底是不是我们的?巫师嚅嚅地:"我们跟踪了很久,有一天看到你们两个人走进一间女子理发店,偷偷地捡回来的。"

他妈的。以后别好色去光顾这些劳什子的女子理发。找男师傅,也能捡到头发的呀。我暗笑。

启英走开。

一个钱包留在椅子上。

"喂,你的钱包丢了。"我说。

"那不是我的。"他回答,"是不是你的?"

我也摇头,指着巫师:"那一定你的了。"

巫师打开银包,里面没有身份证或信用卡,只有四百块马币的现金,他会意地收了。

李启英早有准备,掏出一张对方的照片,和一束头发,交给巫师。巫师即刻把我们的降头转栽了那个人。

　　从巫师家走回车子，李启英由裤袋中掏出一包椰子糖，问我道："要不要来一颗？很好吃的。"

虫咬记

农历新年期间，受查良镛先生夫妇邀请，和他们的儿媳一同，到泰国的温泉度假胜地 CHIVA-SOM。

入浴按摩服务是完美的，让客人名副其实地修身养性，好好地休息一番。

问题出在旅馆供应的三餐，都很健康，蔬菜瘦肉不下油，淡而无味。大撒桌盐，奇怪得很，这里的盐，连咸也不咸，啤酒更无酒精，吃出个鸟来。

半夜偷跑到附近的小镇去，在大排档中叫了一桌菜，大吃不健康食物。做了坏事，即刻得到报应。

忽然，脚背上被什么东西一咬，一般的痛楚我都能容忍，但这种热辣的感觉是第一次感受到，差点昏了过去。一看是只蝎子，不大，像北京菜馆的那种。本来想将它踩死，一转念头，蝎子吃得多，现在给它们咬一口，互相打和，不算过分，也就放走。

据说蝎子没那么毒，受害者多数是死于心脏病，现在才了解，那阵不能用文字形容的剧痛，简直像是被电击，的确能丧命。

马上返回旅馆，酒店里有长驻的医生，给他看看。医生不在，由护士长代劳，她给我搽了一点药水，再交几粒消炎片，送我出门口。

我心中暗叫不妥，这种方法只能医儿童，但又有什么话说。

回房，痛苦加深，脚开始肿胀。虽然已涂了大量查传倜太太送给我的消毒膏，也无法入眠。

第二天，医生来了，又给我和护士长相同的治疗。到了傍晚，已肿得像只红烧元蹄。半夜要洗手，不能踏地，一踏即痛，跷起单脚，扶着墙，才可勉强活动。

不想友人担心太多，翌日装成无事地吃早餐，心中想着小镇中的大排档，不知什么时候才能忍到晚上去吃消夜。要是药物不能医治，唯有以食物镇神。

"蓝药水。"查良镛先生说，"蓝药水最有效。"

查先生为江浙人，他们最相信蓝药水了，随身携带。倪匡兄移民旧金山，买不到蓝药水也要太太到香港来找。

把蓝药水拿回房，涂了一点，想起查先生说"越多越好"，就把整只脚都染了。

蓝药水其实并不蓝，近于紫。干了之后表面又呈其他颜色，有点黄，有点绿，绿是手提电话广告上说的幻想变化色彩，依光线的折射，出现各种图案，煞是好看，我对这只猪脚欣赏了又欣赏。好像好了许多，真有效。

鞋子是不能穿了，日本拖鞋带子的位置又刚好磨擦到伤口，越穿越痛。只有穿酒店供应的棉制凉鞋，轻飘飘地，脚已失去知觉，经常飞脱了还不知道。

吃完晚饭后和大伙进城去购物，当地有条像旺角女人街一样的地方，摆满各种冒牌衣物。我们找到一个小摊，卖的是镭射笔，一支才八十块港币。镭射笔本来是高科技的工具，现在大量制造出来给小孩子玩，笔端还可以有十个头可以换，打出"我爱你"和"生日快乐"种种字句。

听说镭射这种东西直照会伤眼睛，利用这个原理，半夜在痛楚难当时，拿了镭射笔直照这只肥肿的脚杀菌，盼望得到一时的宁静。照来照去，一点用也没有。

到了曼谷，再去找医生，他一看，摇摇头，我心一沉，不会要我把脚切掉喔！

"只有吃抗生素了。"好在他只是那么说。

三天的抗生素吃下来，肿是有点退了，但整个人像虚脱了一样。返港后即刻打电话给喜欢写文章的区乐民医生，此君答应过我有什么事可以找他的。

"我被蝎子蜇了。"我说，"要医的话属于什么科？"

"皮肤科。"他说。

"有没有专家可以介绍？"我问。

"有。"他说，"有一个叫区乐民的。"

原来是卖自己的大包。好，就去他常驻的公家医院。先要付四十五块港币的登记费，拿了单据才能找他。区乐民看后又摇摇头，我再次担心是否要动手术。

"只有吃抗生素了。"结果和曼谷的那个医生一样，"我再给你吃一个疗程，一共七天。你到楼下去拿药吧，别担心，没有后遗症。"

把单子交给配药员，坐下来等候。有好几个表情鬼鬼祟祟的男子坐在一边，上前与我搭讪，"是不是泰国回来的？"

"是呀。"我说，"你怎么知道？"

"我也是。"他说完向我挤挤眼，"那边的妞儿实在不错，只是手尾长了一点。"

他妈的，把我当成同伴了。

拿了一大包的药，要付钱，配药员说："你已经给了。"

好家伙，才四十五块，要是到私家医生去看，非收我四五百不可。

晚上，到九龙城的食肆，拼命吃久未尝到的本地菜，大呼过瘾。脚又烧烫了。拿起那瓶冰冻的啤酒，往伤口处一倒，像是听到嗞的一声，心身畅快。

数日后，完全消肿，脚部恢复原状。到底是被什么药医好的呢？消毒膏？蓝药水？抗生素？还是啤酒？不能肯定。

想起医院中那家伙，气又上头。如果是性病的话，还快活了一番，被蝎子叮了，可真冤枉。同样吃抗生素痊愈，不如风流去也。

对于死亡的二三事

旅行归途，匆忙地在机场捡几本书，看企鹅出版的散文集《死亡之书》和另外研究安乐死的。

"为什么那么黑暗？"身旁的活泼少女问。

"想知道多一点，和光明黑暗的关系。"我说。

"你怕死吗？"她再问。

"怕。"我说，"但是，不是对死亡有恐惧，而是怕死前的痛苦。"

"你如果死，要怎么样死？"她再追问。

"希望死得有点尊严。"我说。

对于死亡的认识实在不深，只有这样回答。

祖母死的时候，父亲哭了。我没见过祖母，不懂得伤心。大舅舅死了，母亲哭得惊天动地，我也没有见过大舅，但是给妈妈的哭声吓坏了。我从来没想到像母亲那么慈祥的女人，会哭得那么厉害。

在外国留学时，听到奶妈的死讯，我也哭不出来。当年我很愚蠢，把自己幻想成一个闯天下的男子汉，眼泪不能轻弹。

后来，更看过很多葬礼，恒河上漂浮着的尸体，墨西哥人边放烟花边抬着的棺材，纽奥良黑人乐队的狂歌放舞，像与逝世者无关。

友人的父母，爸爸的好友，本身的知己；在灵堂上，我一鞠躬二鞠躬三鞠躬。

瞻仰遗容时，我的视线转到灵柩的边缘，认为再看那低能的化妆，是对死者的不敬。

我一直没哭出来。

书法和篆刻的老师冯康侯先生去世时，我在泰国拍戏，回来才听到消息。当晚，哭了，哭得整个枕头湿，哭得很伤心。

三年前，家父死前那一刻，我为了不想影响家人的情绪，冲出花园，在街上长啸，像一只苍狼，我的哭声比母亲当年的还响。

这是我对死亡的最接近的正视。我知道，从此，非认识它不可。已是时候了，已经脱离了少女问说为什么那么黑暗的时代了。

先父老友蔡梦香先生是位诗人，至六十岁时还有诗曰："随处尽堪埋我骨，天涯终老又何妨？死生不出地球外，四海六洲皆故乡。"

当生命力还旺盛时，我们都作豪语。七八十岁了，死亡接近，蔡梦香先生的诗转为："处处崎岖行不得，艰难万里度云山；不如归去去何处？ 随遇而安难暂安！"

我最不想要的，就是这句"不如归去去何处？ 随遇而安难暂安！"

读了这句话，对死亡的尊严已没有信心。

人生变化多端，前面的事不可知，也不相信术士的占卜，我还是怀有不安感的。

所以我羡慕有安乐死的国土，在非文明的社会中，一个人可以选择走下人生舞台的姿势和准确的时刻。

被生下来，是不受控制的。但是连走，也不肯让我抬高着头走，就太悲哀了。

东方人自古以来将葬礼和死亡搞得又隆重又神秘，大家对它都有很深的恐怖阴影。老早就知道有生老病死这一回事儿，但不敢去面对它。

如今，我自己已走近死亡，我需要对它熟悉，有一天我才会拥抱它，不让死亡来向我突袭。

与死亡相对的，是人生。

人生的意义何在？我已多次地说过，是要活得一天比一天更好。今天比昨日佳，明日的享受高过今天，就此而已，对得起自己就是。

而死亡的意义呢？

经观察后，我认为死亡，是送给亲友的一件礼物。

人一死，一切尽灭，对本人毫无影响。但是，最重要的是别让我们的亲友尴尬。

有些人一死，他们的亲戚朋友即刻得去找整容医生改头换面，找地方隐居。

家父逝世，朋友们对我们家人的安慰，是真诚的，这是父亲送给我们的礼物。

我希望有一天我走，至少，九龙城的小贩也会说："蔡澜？他常来我档口买菜。"

我也希望有人向我的伴侣和家人，向他们说："你没见过我，我是蔡澜的朋友。"

至于有没有后代送终，那已是太过迂腐了。

"那不等于是留个英名吗？"朋友说。

名与利要在活的时候享受的，死了，尘归尘，土归土，一百年后，又有什么分别？绝对不是因为什么英名。

我死了，请将我的骨灰分赠，让大家拿去炒菜泡咖啡，或当成盆栽肥料。哈哈一笑。朕，满足矣。

人生的真谛

我不相信有鬼魂这件事。

人死了，如有灵魂的话，也很快飞走。过个数小时，便无影无踪了吧。

科学家把人体过磅，说死了之后会减轻几两。也许真有灵魂存在，但是如果不消失的话，那么空中挤满了，不是一件好玩的事。

写鬼故事，主要是爱读《聊斋》，喜欢上那股凄艳的味道，至于青面狞牙的吓人玩意儿，我倒没有兴趣，留给好莱坞拍恐怖片去。

在写鬼故事的过程中，起初有许多题材，很顺利地入手。写了几篇之后，就感到吃力了，赶紧又重读《聊斋》，看看可不可以抄袭一些情节，但是书上只是生动地描述人物，对于故事的结构，有时拖泥带水，有时有头无尾，现代人读了满足感不够。

我认为鬼故事有一个意外的结尾比较好看，苦苦思之，每每想不出来。

到了晚上，坐在书桌前，一小时一小时过去，一夜一夜过去，只字不出。

这时，我才怕了起来。是不是被鬼迷住，就是这种结果？

所以，我马上停下来，不写了，因为已经不好玩了嘛。

前前后后，写了二十多篇，有四万多字，可以出一本单行本，够了。一般的书要八万字左右，但是我怎么样也不能继续写下去了。投机取巧，和"壹出版"的主编周淑屏商量：四万字行不行？她说：用纸用得厚一点，勉强可以，又加上苏美璐的插图，应该没有问题。

我写这篇东西，算是一个后记吧。

书至此，邮差送来远方的来信，打开一看，是林大洋写的：

　　……我读了你把我当主角写的鬼故事，好玩得很。你说得对，有时鬼比人还要有趣。

　　我现在住在斯里兰卡这个小岛上，天天对着蓝天和海鸥，一点也不感到寂寞。

　　在这里，我认识了《二〇〇一年太空漫游》的作者亚瑟·克拉克。他的本行是作家，也是一个科学家，人造卫星的原意，是他创造出来的。现在他在这里定居。

　　我们做了好朋友，每晚聊人生的意义，他的出发点是以科学来见证。我则是用空虚的灵学、道家、佛教和禅宗的说法去了解。两人谈得很愉快，互相发现对方的世界和生活方式虽然不同，结论是一样的。

但是，我们怎么谈还是谈不出一个对人生意义的道理来。

你也曾经问过我同样的问题，我试过解答，不过我知道你是听不懂的。

现在，我用更简单直接的方式来解释人生的意义吧。

亚瑟·克拉克和我都赞同，如果没有学识，像居住在深山中的印度人，日出而作，日落而息，也是一种很好的人生。我也曾经告诉过你，我住在印度山上时，当地的一个农妇每天给我做菜，吃的尽是鸡和鸠之类的山禽，我吃厌了，向她说："烧鱼给我吃吧！"

"什么是鱼？"她问。

我画了一尾鱼给她看，说："这就是鱼，天下美味，你没吃过，实在可惜。"

她回答说："我没吃过，有什么可惜？"

当时我被她当头的那么一棍，打得醒了。我把这故事也说给亚瑟听。

亚瑟说："这我也能理解，但是人类由猿猴进化时，学会在残尸中找到了一根骨头来敲击，这是求知欲的开始，有了求知欲，便得不到安宁，永远要追求下去。"

"人生识字忧患始，中国人也有这么一个说法。"我向亚瑟说，他点头理解。

我们生活在这个文明的世界，接触了学识，已经不能停留在一个阶段中。你也曾经写过金庸先生说："要多看书，书读多了，人生自然会升华，层次更高。"

这句说话一点也不错，我一生，一有机会就读书。但是书读多了成书呆，最好的办法就是旅行了。在旅途中，我向种种人学习，不管他们的文化比我们高或低，都有学习的地方。

现在，我老了。亚瑟也说他老了，我每天还在雕刻佛像，亚瑟发表了新书《三〇〇一》，我们都不停地创作，创作才有生命。

但是，创作了又如何？为名，为利？创作是为自己呀！我这么向自己说，也说服不了。为自己？又如何？

最后，亚瑟和我都基本上同意了一点，那就是要把生活的质量提高，今天活得比昨天高兴、快乐。明天又要活得比今天高兴、快乐。

就此而已。

这就是人生的意义，活下去的真谛。

只要有这个信念，大家都会由痛苦和贫困中挣扎出来，一点也不难。

王逸松退休之后，到泰国一个美丽的小岛上开了一间烹调学校，桃李满天下。

当然，这和他得到奥林匹克的剑击金牌有关，当年在电视上看到他那英俊的面孔、修长的身材、活泼地跳动、闪避洋剑手的攻击，他翻了一个身，忽然一招，点中对方的心脏。这个印象，醉倒了无数的少女。

学校的设备是完美的，美国巨型烤炉，一只肥羊或者一头牝牛都能装得进去。印度的端多利烘薄饼、意大利的制面器，另有一个用电脑控制的蒸鱼箱，一蒸就可以蒸出数十尾活海鲜，都是骨头黐着肉的。

王逸松精通中、法、意的厨艺，还领有日本料理最高级的剖河豚执照，这是要超过十年以上的经验才能得到的，最拿手做的剧毒河豚肝，吃过之后嘴唇略为麻痹，但不失为天下最鲜甜的食物。

外国学生在曼谷转机，飞到这小岛的一间皇帝行宫改建的旅馆，美轮美奂，古色古香。学校就建于酒店的大厨房和庭园之中，学习后的制品让顾客吃，订单排得满满的，要在六个月之前预约，方能入席。

另设短期的人生享受班，专供有钱人提高生活素质，教他们点菜、叫美酒、选择雪茄，增加他们的自信心，走进全世界大都市最豪华的酒店餐厅都不必胆怯。

除此之外，王逸松还时常很细心地聆听学生们的烦恼，用他独特的见解去开导他们，像桃丽丝李，现在就躲在校长室的长沙发上，叙述她的心境："生过孩子之后，我们东方人的身材，就没有洋妞那么好了。"

"李太太，你的腰收得很细呀。"王逸松的语气威严中带着温柔，"和你结婚前看到你的照片一样。"

"王校长你这么说真是笑死人了。"桃丽丝李叹了一口气，"我和旧情人幽会的时候，他说看见了我肚皮上的皱纹。"

"这个人不懂风情，凡是和生育过的女人亲热，一定要把环境弄得幽暗。"王逸松走过去，把落地窗帘拉上，微笑地向她说，"像这样……"

桃丽丝李无条件地投降。

今年生活享受班中有几位高材生，来自巴黎的多莲儿、纽约的艾丽、东京的秋凉子和香港的莎莉。她们都有自己的事业，搞地产的、股票行的、设计时装的和大机构的女强人，从前在国际学校是同学，说是来学享受，其实她们都已是高手，不过乘这个机会来岛上休息一下，大家叙叙旧。

"怎么样，有没有新的男朋友？"女人一见面，问得最多的便是这个话题。

艾丽说："这一个，已经找不到比他更好的了。他完全知道我想讲些什么。和他在一起，就像回到少女时代一样地无知。他教我的东西，实在太多。"

"谁、谁、谁？"莎莉一连三个谁。

"不告诉你。"艾丽说。

"别吵，听我的。"秋凉子说，"只有这个人在床上给我满足过，一次又一次的高潮，差点把我弄死了。"

"哇，那么厉害！"多莲儿叫道，"可以和我的较量一下了，我那个也差不了你的多少。"

莎莉也有同感，但不说出来。

"嘻，快活是快活过了，但是东京的经济泡沫崩溃，我先生欠了人家一屁股债，回家啰啰嗦嗦，烦得要命！"

"香港的股灾也把我绑得紧紧地。"

"我不能想出什么新作品，高峰期已经过去，我知道我完蛋了。"

"公司里薪水最高的是我，现在收缩，我知道财团第一个要炒的是什么人。"

四个女的都感觉做人没什么意思，不如再谈男朋友。

"我的有个习惯，和他做完那一回儿事之后，他一定先讲个笑话。"艾丽说。

秋凉子笑了："我那个也是，射完精就说这种古怪姿势在正常情形下，只有做马戏团的才干得出。"

"他高潮一过说想到海鲜。"多莲儿说。

"我那个说摩擦过分，生了烟，像熏田鸡。"莎莉大叫，"我们说的都是同一个人呀！"

"他妈的，怎么分配？"其他三人粗口也骂出来，"反正再活着也没大不了的事，不如大家烧一顿好的，吃下肚子。"

"对，对，淋上河豚的肝汁，一定好吃。"

"死就死，怕什么？"

"谁吃那个最可爱的部分？"多莲儿问。

"一人一片当刺身，"秋凉子说，"很公平。"

"不是每一个都像你们日本人吃生东西的。"莎莉说。

"做天妇罗吧。"秋凉子再建议。

"那么小，炸了更是缩起来，没吃头。"艾丽说，"不如来个瑞士凡度火锅，加了芝士，一个人可多吃点。"

好，大家一致通过。

"其他的部分浪费了也可惜呀。"多莲儿胃口最大。

"我们有办法。"其他三个说。

第二天。

泰国警察在小岛上发现了五具尸体。

四个女的中河豚毒，死时表情还是笑着的，可以看出她们走得很愉快。另一名已经认不出，是在大烤炉中找到，后来经牙齿的化验，才知道，是校长王逸松。

看《阿飞正传》，占士甸半夜回家，打开冰箱，取出一大玻璃瓶牛奶。喝完之后把冰冻的瓶子贴在脸上，摩擦又摩擦，真有型有款。从此，爱上喝牛奶。

生活在日本的时候，每天清晨五点多钟，就听到牛奶人送货的声音。一箱中几十瓶牛奶碰来碰去，叮叮当当地把你吵醒，比闹钟声好听得多。

牛奶，应该从玻璃瓶中喝，才有味道。

透过玻璃，可以看到上面浮了一层奶油，那是多么营养丰富，喝起来一阵阵的香味，欲罢不能。

随着科技的进步，人们还把维他命 ABCDEFG 掺进牛奶里面，并加入奇怪的菌去杀牛奶的菌。也随着科技的进步，玻璃瓶的牛奶逐渐失踪，变成纸包装的，再也看不到浮在上面的奶油了。

那些牛奶人也改行，从前喝牛奶是送上门，现在要亲自到超级市场购买，纸包本应轻一点才是，靠自己拿那么重，科技的进步，原来是要多花劳力的。

嫌麻烦，一买就买包一公升的，纸包上画着如何把它撕开的图案，照做的话，一撕便撕出一个大裂口，牛奶泛滥出来，溅得满身。

有些画了一把剪刀让你打开的，一公斤的牛奶怎么一次喝完？当然放入冰箱，说明书上还写着喝时要均匀摇动，剪开的那个口又不能自动封闭，摇动起来，又是溅得满身。

拿那包纸牛奶去烫滚，也不像话呀。

渐渐地，我已不喝牛奶了，当它改成纸包之后。

偶然看到玻璃瓶装，即刻买，但不习惯一喝便拉肚子，更不敢去碰。有便秘的朋友问我要吃什么药？我总回答道什么药都不必吃，喝大量的冰冻牛奶后，坐在黄泥的地板上，一定通顺。

那些拼命宣扬健康的人士，商人为了迎合他们，推出什么半脂乳和四分之一脂乳，大受减肥专家的欢迎。我试了一口，马上吐出，这怎么叫牛奶？喝牛奶当然是喝全脂的了，不然改喝清水吧。

做姜汁撞奶的话，一定得用全脂奶。四分之一的那种，怎么撞也只能撞出鸟味来。

啊，啊，还是怀念用玻璃瓶装的牛奶，你一定又骂我是老古董了，我才不管。玻璃瓶上用锡纸封罩套着，牛奶人还送你一支针状的器具。插了一下，便很容易地把罩子打开，这些小礼物，都很亲切温暖。

香港还有两家出瓶装牛奶，一家大公司，另一家是离岛的圣职人员供应，但都不是一大早就送牛奶。毛病就出在这里，我曾经看到牛奶车在烈日下晒，怎么新鲜的牛奶也变成不新鲜。

香港的牛奶试过之后总觉得味道十分之淡，不会是图高利而兑水吧？奇怪的是：不香就不香，也不够浓。大概是香港的乳牛都由外国输入，皆为外籍劳工。思乡病重，生产不出美味的奶汁。

牛奶最好喝应该是荷兰的，这个国家的牛比人还要多。瑞士的牛奶也不错，所以能产高质量的芝士。日本北海道的牛奶浓郁，但价钱卖得很贵。

最便宜的地方是美国和加拿大，人们拼命喝牛奶，所以快快长高大；连父母亲都是矮小个子的东方人，养出来的下一代和洋人一样高，这绝对不是遗传基因，都是拜赐于牛奶。

南洋天气热，鲜奶并不流行，大家喝炼奶，小时候还用它来涂面包吃，现在想起那股甜得漏油的味道，真是有点恐怖。生性爱怀旧，当年咖啡摊把空炼奶铁罐当容器，盖顶打一个洞，穿上一条草绳来外卖，一个人提着一个铁罐，真是有趣。

已经很久未尝炼乳了，香港茶餐厅卖的鸳鸯不用炼奶炮制，绝对不够香。我喝鸳鸯时才肯接触炼奶。

记得看过有一个印度人牵了两三只羊，一面走一面用小鞭子击羊背，经过人家，被叫住了就停步，印度人蹲下来挤羊奶来卖，再新鲜也不过如此了。

羊奶有股膻味，我倒是不怕的，听闻羊奶极补身，喝多了要流鼻血。小孩子喝什么羊奶？尤其到了思春期，梦中喷出的还不止是鼻血呢。

我有过一个奶妈，但是喂我哥哥姐姐的，我生出来时打仗，没喝过人奶，也没喝过牛奶，只是吃些蝴蝶牌面糊过活。

又回忆起一桩往事，邻近住了一位少女，在避孕丸还没发明的当年，和一个轻浮的青年有了孩子，结果人走了，婴儿也病死。少女不过二十岁左右，比我大几年，我们感情很要好，她胸部胀得厉害，把奶挤在杯里让我喝。

玻璃杯中的乳汁并不是牛奶那种颜色，有点像半煮熟的蛋白，又似稀淡的精液。味道并不带甜，亦无腥味。我说我不要喝玻璃杯装的，但她只当我是弟弟，弟弟怎么可以接触姐姐的身体？不成了亲属相奸吗？说什么也不给，真是憾事。

"名片用完了，是不是照旧印些新的？"秘书问。

我摇摇头，无甚创意，不好玩。

但是遇见人时说："卡片派光了。"

对方总是客气地："在电视上看过，人人认识，你不必带名片。"

听了并不沾沾自喜，只认为更没有礼貌，所以非印制名片不可。

头衔用什么才好？想了又想。

见过著名的艺术家或商业巨子的卡片，简简单单地一面写着姓名的三个字，后面有地址和电话。正想照抄，但自己两者都不是，有什么资格学人家自豪。

"还是把正当的职业头衔放进去吧。"朋友说。

"但这多没趣。"我说。

"那么学简而清好了。"朋友建议，"他的名片头衔写着：业余作家、马评家、全职的游手好闲家。"

　　"我对那个家字过敏。"我说，"一直不肯叫自己什么家什么家。"

　　"那么用人字呀。"朋友说，"可以在名片上写：业余写作人、电影监制、全职享受人生者。"

　　"跟人家屁股走，总不太好吧。"我说。

　　"有什么要紧，不过，自从有了胡雪岩，做商人似乎是一件很光荣的事，做卖茶，干脆叫自己做茶商吧。"朋友又出怪主意。

　　"哈哈，茶商，这个头衔不错。"我大喜。

　　"好在你是卖茶。"朋友说，"要是卖臭豆腐的话，可当笑话。不过你最近推出咸鱼酱来卖，同样地臭，叫不叫咸鱼商人呢？"

　　"至少比卖咸鸭蛋好。"我抬杠，"广东人说卖咸鸭蛋，就是死了，瓜咗老衬。"

　　"你还有什么新做的生意？"朋友问。

　　"组织旅行团。"我说，"用导游这两个字当头衔行不行？"

　　"那不过是带街呀！"朋友同情地。

　　"导游就导游，怎么可以那么污辱这个行业？"我抗议。

　　朋友在伤口上加盐："带街性质和拉皮条一样，干脆叫旺角马伕吧。"

　　"呸呸呸。"我笑骂。

"那你还会些什么？"朋友问。

"我会写大字呀。"我回答。

"哈，"朋友说，"你想在头衔上写书法家？输书同音，听起来是输家嘛。"

"我会篆刻。"我说。

"雕图章有什么了不起？"朋友轻视地，"最多写着印人，你是阿差吗？"

"你——你——你简直是无理取闹！"我快要打他。

"说别的，你在卡片上除了自己的头衔，名字，还印些什么？"

"地址、电话、传真和 Telex。"我说。

"真落后，还有人用 Telex 吗？"朋友不屑地，"你不如把 Telegram 也印上去。"

说得也有点道理。

"你怎么可以忘记把电邮网址写上去呢？"朋友说，"现在做事没有 E-mail 就低人一等，跟不上时代。"

"但是我不想学电脑呀！"

"大老板有哪一个学过电脑的？"朋友说，"都不全是叫秘书用吗？什么？你的秘书不会电脑？怎么可能？你请不起吧？"

给他气坏，决定不理他，他妈的什么名片也不印了，拿我如何？

"你到底想不想和大陆做生意？"朋友追击，"那是十一亿人口的买卖呀！"

有点心动了。

"和大陆人做生意，没有名片怎行？他们现在和台湾一样，流行叫什么总，什么总，你不做总怎么行？"

"我是暴暴茶国际有限公司的主席，比总裁还要厉害！虽然公司不大。"我说。

"主席英文是 Chairman？"朋友又嘲笑，"做一个桌子人罢了，厉害个屁！大陆人叫毛泽东才叫主席，叫总经理人家才懂得。"

"好吧，总经理就总经理吧。"我投降。

"还有，"朋友问，"你的卡片只印一面？"

"一面有什么不好？"我反问。

"够资格的人要印两张双面的，里面排满公司的总裁、总经理和顾问等等头衔。最好是印多几面，像风琴一样折叠起来，才够威风。"朋友好心地劝说。

"把写过的书的书名写上去行不行？我没有那么多间公司填满。"我问。

"一本书能卖几个钱？"朋友摇头，"不行。"

我最后决定说："写：蔡澜，人。"

"人字怎么当头衔？"朋友问。

"这年头，要做人，可真不容易。"我说。

朋友又叹息："看你这个猫样，怎么像人？"

说得也对。唉。

　　我在新加坡的罗敏申律的一家办公室的二楼出生，地点是后来家里的人告诉我的。自己有了记忆，知道前后搬了四个家。

　　最先住牛车水大华戏院的三楼，再转进大世界游乐场里面的职员宿舍，换个地方到后巷六条石。搬到现在加东的这个老家时，我已出国，回来度假才经过。

　　记得最清楚的是后巷那个家。花园中种满果树，其中一棵是榴梿。

　　父亲第一件事就要砍倒它，因为邻居说这棵榴梿树的肉是"裸古"的。所谓裸古，马来语不灵光的意思，蒸不熟的鱼，结不实的果，即叫"裸古"。

　　树干粗壮，有三十英尺高，斩树为一大工程。好在当年人工便宜，几个马来人就三两下将它砍倒了。树将跌地时轰隆一声，灰尘滚滚。我们几兄弟急着跑前一看，树上还结了数百个长不大的小榴梿，拿来当手榴弹互扔，好在没有伤人。

另外一棵巨树印象最深，马来人叫"峇隆隆"，是芒果的一种。一只手抓得住那么大的圆形果实，像一个会隆隆作响的铜铃，因此得名吧？

峇隆隆作深绿色，皮上有褐色的斑点。通常是趁它未熟透的时候吃的。拿一把刀，皮也不削，一刀斩下，再一刀把肉挑得弹出来。中间有颗硬核，充满了硬筋，缠在果肉上，所以要用挑的，筋才不会粘肉。

就那么进口，又硬又酸，小孩子还顶得顺，大人连假牙也咬崩。但有一股清香，是别的芒果所无。

最佳吃法是准备好一碗浓酱油，加白糖和辣椒粉，将峇隆隆蘸着咬，一吃便吃十几粒，吃到肚子痛为止。

未熟时要再采，树上一大串一大串地，一串至少有二三十粒，隔邻有个马来村庄，小孩子们都拿石头来掷，果实掉在篱笆外的给他们免费吃，掉到花园中就属于我们的，非常公平。

有时捡漏了些，过几天变为黄色，软熟的肉就那么剥来吃，很甜，但有点异味，原来已在发酵成为酒精，吃多了有点头昏昏。

从大门要经一条五十米小径抵达家里，路边长了一棵红毛丹，长了满树又红又绿的果实。红毛丹样子最丑，像大人的睾袋。这棵红毛丹是贱种，肉很酸，又粘核。这还不打紧，摘下来时整群黑蚂蚁，爬得全身痒。树就那么一直长着，从来没有人去碰它。为什么不整棵砍掉？从来没机会问爸爸，或者他认为给蚂蚁享用也是好事。

姐姐不知道从哪里找了一枝优种红毛丹来，插下后过几年便成树了，结成的果实南洋人称为"脱核"，肉极甜又爽脆，不逊荔枝，但始终硬核会粘在肉上，美中不足。

羽毛球场的旁边有棵接枝番石榴，香港也有的番石榴，果中充满坚硬的细核，吃完后放出来的还能见到，像霰弹枪的铅粒。这种番石榴是泰国种，因为接了枝，矮矮的树很方便采下巨大的果实。肉很厚，核子集中在中央成一团，挖出来扔掉就是，又香又甜。熟透了变软，用块布包起来榨汁，也鲜美。

另一棵大叶子的长出"尖必辣"来。此果没中文名字，属于大树菠萝科，样子也像，不过小得多。虽说没有大树菠萝的大，但刮开硬皮后，里面至少也有一百粒小果，味道和榴梿一样，很有个性，闻不惯的人嫌臭。"尖必辣"不是咬，用噬的，核上的肉有很多纤维质的筋。大人叫小孩子别吃它，对消化不良。做儿童的哪会听？而且他们的胃连石头都化掉，怕什么？照吞不误。好吃的还有"尖必辣"的核，用盐水煮熟了比花生还香。马来人剥了果实蘸点面粉拿去油炸，连核一起吃，是尖必辣甜不辣。

后来又种了一棵香港人叫为番鬼佬荔枝的果树，潮州话则称之为林檎。其实它的样子一点也不像荔枝，倒似佛祖的头发。台湾也有这种水果，叫它为"释迦"，倒是很恰当，而且颇有禅味。

番鬼佬荔枝的肉是白色的，里面有黑核，令我想起园中的另一棵南洋人叫红毛榴梿的,外层软皮上有幼刺,切成一片片来吃,有的很甜,有的酸死人,英文名字叫为 Soursop,大概洋人试了后者而命名。

最近一次去新加坡,因为要上电视做访问,穿了西装打领带出场,节目完毕后没时间换便服,想起老家的果树,请友人载我前往。

两层楼的典雅建筑,已改成毫无个性的数栋公寓,旁边的马来村庄也盖了大厦,连路也差点找不到。

面目全非,一切俱往矣。

正在伤感,抬头一望,咦,怎么那棵"峇隆隆"的大树还屹立着?枝干上一串串的果实像在向我微笑。

即刻拾起石块往树上扔去,果实一粒粒地掉得满地都是。

公寓中跑出个年轻人,本来要前来喝阻,看到掷石者是个满头华发,穿西装打领带的老头,叹了一口气走回屋子。我继续扔石头,掉在篱笆内的是你的,篱笆外的是我的,管它那么多。

香火缘

不抽烟的朋友，可以停止阅读下去。

战后物资缺乏，看见母亲把香烟盒剪成一条条，在油灯上燃烧后点烟。

"为什么不在油烟上点？"三四岁的我，求知欲强。

母亲耐心地解释："因为直接点，有油味。"

从那时候起，我就一直想试抽几口。

那是一个天真烂漫的年代，吃蔬菜还不管有没有农药。香烟致不致癌不是讨论的话题，好莱坞电影又拼命鼓吹，我在十一二岁已经开始和同学在学校后山偷偷吸烟，至今也有四十年以上的烟龄。家父抽到九十才过身，我想，我还有些空间继续。

和香烟结下不了缘的是打火机，我一生之中用了很多个，像老朋友一样，都记得清楚。

最原始的构造概念简单，一个露着的齿轮，用手指旋转后磨擦火石，点燃了吸满汽油的芯。

后来有个长方形的铁皮盒包藏齿轮，那就是美军用的 Zippo，今日古老当时兴，很多人收藏这牌子的各种打火机。曾经一度出过较小巧的女性版本，但被淘汰。Zippo 代表了雄赳赳的男性，抓紧了在牛仔裤上一擦，打开盒盖，再反方向一擦，火便点着，女子用这种姿势点火，始终没那么好看。

Zippo 宣称不怕风，任何天气之下都能点着，但在战舰上的海军，用来并不称手。又风又雨的，海军的打火机不用石油，也没有点火的芯。记得家父用过一个，长机型，内藏的火石有一根烟那么粗大，旁边有个旋转翼，扭着它便能打出火来，把香烟插入打火机身的小洞点着，现在也只有在博物馆中能看得到了。

另一个博物馆收藏品，是支像口红一样的打火机。其实它并不必打火，把盖子一掀开，接触到空气便能点着。道理像是很复杂，但又很简单。只是当年发明时，盖子不紧，放进裤袋中不小心剥脱，整条裤子就烧了起来，卖过一阵子就没人敢再用。如果当今有人把盖子的精密度设计得好一点，相信会再流行起来。

喷气打火机初次看到是 Ronson 出的，机后的那个汽油注入处像一粒子弹，线条非常之优美。当今 Ronson 再复古推出，上一次到日本时看到 Lucky Strike 的广告，买两条烟送一个，很想弄一只来怀旧，但是好彩牌出的新产品是薄荷烟，也就作罢。怎么样也想不到好彩因迎合市场而堕落到这个程度，从前出产滤嘴时已经叹息一番。薄荷滤嘴？唉。

打火机不用油芯，改为喷气是一大进步，但是打火石还要照用。记得我们往大陆寄衣服和食油的日子吗？当年连打火石也要向海外要。

丰子恺先生写信给在新加坡的老友广洽法师，说如果顺便可寄一些打火石来，自己当然用不完，可分赠其他友人，是"香火缘"，也是好事。

当年的打火石是一包包地卖，至少有数千粒，像把铅笔中的铅切成几十粒的大小，切口并不平，打起来更起劲。后来物质丰富了，变回小量出售。Ronson出的打火石藏在一个黄色的塑胶片内，一排六粒，外面涂了一层红漆，现在要努力地找才能发现。

年轻的吸烟朋友没有看过打火石，大家用的是即用即弃的打火机，汽油用完时打火石还在，已往垃圾桶中一扔。所以什么是打火石要向他们解释得老半天。

三十多年前，我乘法国邮轮"越南号"出国，首次看到即用即弃的打火机，是Cricket公司的产品，黑漆漆地很大的一个，卖一个法郎。

法国人似乎对即用即弃的打火机情有独钟，我们现在常见的Bic打火机也是法国公司出的，后来把它缩成一半，小巧玲珑的Bic，在西班牙分厂生产，颜色有黑白红蓝和粉红。在巴黎的总公司造的小Bic彩色更是缤纷，有种种不同的花样，新奇又美丽，买来送抽烟的友人，真是物轻人情重的赠品。

有些打火机并不是缩小才好玩，将最普通的长方形者体积加倍，握起来很顺手又能用久的也很有趣。

我买的打火机，最贵的也是五十块港币左右，曾经有过几个数千元的"都彭"，放在身上重得要死，拿出来后喝醉了乱丢，不是生意经。

书桌上的那个非常巨大，模仿油漆工人的喷火器，一按钮便发出熊熊巨火，是朋友送的，一用用了数十年。

打火机这种东西虽然方便，但拥有时一定要悦目。用一个又丑又笨重的，看起来就讨厌，影响到香烟的味道。我做人没有什么使命感，能把一个即用即弃打火机的汽用完，已经很满足。

有位玩家朋友喜欢从爱情酒店拿一个打火机回来，他说吸烟时不经意地放在桌上，遇到新交的女友，她们望了一眼，看到了印在打火机上的广告字眼，潜意识地即有性的冲动，不知是真是假，姑且听听。

如果各位不抽烟的人也耐心地把这篇东西读完，为了爱打火机，我希望大家也染上烟瘾，加入我们的行列。我们这群抽烟的人已变成被欺压的少数民族，处处遭受歧视，需要一些生力军，才能和反吸烟人士抗战到底。和你们合伙，也算是个香火缘吧。

写
于
三
八

今天是三八妇女节，写天下的雌性动物，莫过于由我最熟悉的香港女人开始。

不必我来赞美她们，据跨国调查，香港女性自我评价甚高。在职的比率，也为亚洲女人之冠。我到过很多大机构去谈生意，百多人的大堂之中，见到的几乎是清一色的女性职员，男人为弱小的一撮。

与政府的政策也有关系，领导有方，从四万开始，多少个部门的首长，都是女人。

定把日本女子羡慕死了，涌到香港来求职的渐多。至少，她们看得出，在办公室中，不必为男同事捧茶。

韩国女人反而不见，人口比率中压倒性地雌多雄少，地位永不翻身地低微，故不作幻想，勇敢地接受事实。

台湾的也不来香港，因为她们的社会已在改变，愈来愈像香港那样的阴盛阳衰。从美国留学比较文学的女生在传媒中势力扩大，模仿洛杉矶的妇权运动，总有一天将男人统治。

香港女人不顾一切地出来做事，就算拿八千块一个月的薪水，也请一个四千块的菲律宾家政助理看孩子，自己不管家。那十八万外劳，证实了她们说的关心家庭，是谎话。

有了职业，自信心遂强。是理所当然的事。比她们低级的男职员看在眼中，瞧她们不起，也跟着来。冰心所描写的慈母，在香港，已经少之又少。

一般上，她们怪身边的男人太勤力找钱，缺乏生活情趣，不够运动型，太现实，常要揸着数，物质观念太重，知识层面不广博。最要命的是：他们太迁就女人。

这么一说，男人一无是处，优点也变成缺点了，服侍女人也不是，不服侍也不是。像替洛杉矶女人开车门一样，她们问道："干什么，我自己不开？为什么你要帮我？是不是歧视我们？"

别以为我对女人的观点，是要她们在家里做贤妻良母。出来做事的才有趣，她们见闻广，话题变化多，爱得要死已来不及。收入最好是完全由她们负责，我们像巴厘岛的男子，耳边插一朵花，整天雕刻木像，闲时斗斗鸡。

我最反对的是香港女人，已经没有了礼貌和教养。

"等等。"当你打电话找她们的同事时，一定用这两个字来对付，永远学不会说，"请等一下。"

当她们来找你，也不说："某某先生在吗？"劈头一句地指名道姓："你是某某？"

非亲非故，香港女人有什么资格那么叫男人？

应付这些雌性，最过瘾的莫过倪匡兄。

有一个女记者打电话去旧金山："你是倪匡？"

倪匡兄说："唉呀，好可怜呀。"

"可怜什么？"女的诧异。

"可怜你的父母早死。"

"我爸爸妈妈还活生生的。"女的说。

倪匡兄懒洋洋地："是吗？奇怪啰。要不是早死，怎么你一点教养也没有呢？"

那份跨国报告中还说，亚洲女性之中，最多香港女人认为自己体贴和关心他人，比其他地区的女性更愿意为爱情牺牲。

哈哈哈哈，不是认为，是以为。

体贴那两个字反过来用，整天想买名牌来"贴体"倒是真的。

关心他人？连自己的儿女也要菲律宾家政员照顾，偶尔望一眼，就叫关心？关心他人？关心他人的工作能力，会不会超越自己！关心身边的男人，钱赚得够不够！

为他人牺牲？爬在他人头上已经来不及了。牺牲这两个字怎么写的？香港女人不懂。

当然，也有例外，在你写文章骂女人的时候，永远要记得说当然也有例外，那些以为是体贴、关心、为他人牺牲的女人都认为自己是例外，才无从生气，也不会收到许多无聊的反击来信。

也许说得过分一点了，我不能一棍子打翻一条船。我的运气比较好，认识了许多的确是温柔和可爱的香港女人。相信男读者们的命也不错，不然怎敢娶老婆？你们家里的，都是例外。

没有家教，不能怪父母，自己可以学回来。事实愈成功的女人，愈有礼貌，难道你们不想出人头地？

我们阻挡不了香港女人看轻男性，但我们至少可以要求她们懂得什么是教养和礼貌。

在做事当中，认识了对方，恋爱结婚生子，后来辞职做家庭主妇的香港女人占了大部分。先进国家也是这样的，这些太太们做好家务，闲时修心养性，学习些小情趣自娱。要不然就是找一件有意义的事去干，像环保、医疗服务、反地雷、禁虐畜等等，数之不尽。

不单单是求神拜佛的，不单单是教儿子给人家请客时叫星斑鲍鱼的，不单单是妄想症式地搬弄是非的，不单单是让统治男人成为人生目标的。

要不然，就算是不必医生处方就能随街买到伟哥，也没用。

香港女人还有一个专长，那就是喋喋不休地洗先生的脑，你要休息时，就来搞你，搞了整夜不疲倦，因为，当你上班时，她们可以睡觉。

做

经济低迷的今天，减薪的减薪，裁员的裁员，我们打工仔能做些什么？

当小贩去吧。

什么？文员不干，做小贩，你开玩笑？朋友说。

绝对不是闹着玩的，当小贩有什么不好？如果成功的话，那些钱赚得你发笑为止。

我曾经观察过新加坡街市中的一档炒螃蟹的，四个人合作，一个剖蟹、一个炒、一个接单收钱、一个包裹送货，除人工和原料，一天的纯利最少有一万元港币，一个月就有三十万的入息。

那要做得出名才行，朋友说。

当然啦。这家人旁边也有几档炒螃蟹，客人稀少，但他们的门前却排长龙，不少要等一个钟才有得吃。

说来容易，怎么出名？朋友又问。

原理也很简单，绝不偷工减料。

像香港的那家"九记"牛腩，那么一大锅的肉，熬一大锅的汤，哪里需要加味精？

"九记"的架子可真大，生意爱做才做，不是每天都开档的。地方也不容易找，寻上门的客人乘宾士宝马，好吃就是好吃嘛，哪愁没有客人？东西卖完了就收档，乐得轻松。

这么简单的事为什么不是人人做得到？朋友再问。

金钱的引诱是惊人的，有些店生意一好，就拼命在汤里兑水。汤淡了，下味精呀。每一碗都是花花绿绿的钞票呀！多卖一碗是一碗。

失败从第一次在汤中加水开始。

短短的几个月来，空铺子一间间出现，租金减半了又减半，从前要在旺区找一个地方都难，现在你自管挑选好了。至于人工，更是低贱，摆架子的楼面当今都很客气，大师傅也通街是，看你要做什么生意罢了。

是的，卖些什么？朋友说。

卖你自己喜欢吃的东西呀！

小时候试过的一些菜，长大了吃不到，非常怀念，像猪油，那么就去卖猪油面吧。当年的椰子雪糕，是多么香，多么滑，卖雪糕去呀！

我一直提倡的是：与其保护濒临绝种动物，不如保护濒临绝种食物。

当年的美食，多得一箩箩，现在吃不到了，不如将它们重现，自然出现知音。

东西一做得好，口碑一传十十传百，各家大报馆都有饮食版，图文并茂，他们还苦于找不到地方来介绍呢！只要你肯花心机去做菜，找你做访问的人不绝。这还不包括外国的周刊呢。

像"糖朝"甜品店，在日本已经出了名，许多少女游客都会拿着一本杂志摸上门，根据内容的介绍点东西来吃。九龙广东道的店铺挤满本地客和外来客，现在还在铜锣湾总统戏院附近又新开了一家，生意哪愁做？起源在老板自己喜欢吃糖水，细心手磨核桃糊见称。

像"北京水饺"的臧姑娘，她现在的水饺在各大百货公司超级市场皆出售，还从香港内销到北京去。美国大公司也来找她，投资巨款设厂大量生产。

旺角的"乐园牛肉丸"档，做出来的牛肉丸一咬就知输赢，汤底更是花长时间熬出来，一碗粉面卖得比别人家贵几块，还不是照样排长龙。

市道不好，高级食肆反而暗暗叫苦，但是这些平民化的店铺生意不减反增，有什么话说？

有一次我想做将食物浓缩的生意，但是有位老前辈劝我，将大的东西变小，赚不了几个钱，把小东西变大，才是秘诀。像茶餐厅，一点茶叶，一点咖啡粉，变成上百上千杯，就是一个例子。

说得一点也不错，一般食肆最多做平价的早、午、晚三次的生意，但是茶餐厅是垂直的，不停地从早做到晚，当然更好赚，所以开得那么多。

问题出在没有明星食物，都是配角，如果这家茶餐厅把鱼蛋当主角，做得特别好，又另当别论。像在土瓜湾发迹的"德昌"，有了出色鱼蛋的吸引，买卖就比只做公仔面的茶餐厅强得多，现在"德昌"雄心勃勃，一家开完又一家。

起初，总得挨一轮，只求打和已经很好了，反正自己还有一份薪水，岂不是比较上班更有机会出头？

像在"老正兴"当楼面的老友，自己出来开了一家叫"闽江春"的小店，一家人辛辛苦苦，但乐乐融融地做，现在也是给他们挨出头来，除了人工，还有利润。

"有一天，我一定要开一家餐厅！"

这是爱吃的人的理想，就像爱书的人都想开一家书店一样，但是大家都没有做成。

为什么？因为没有开始呀！

还是那套老理论："做，成功率五十五十；不做，成功率等于零。"

从今天做起吧，做什么也好过投资在房屋或者股票上面。就算做了还不成功，至少自己可以好好吃一顿，也能请好朋友好好吃一顿，何乐不为？

　　结交了三十多年的友人徐胜鹤，是"星港"公司的老板。我
们在东京时共住一个房间，名副其实地"同居"过，好在大家都没
什么倾向。

　　徐胜鹤定居香港后刻苦经营，把一间小小的旅行社搞到全港
最大的公司之一，生意主要是输入日本游客，到处都见到他公司
标志的大型旅游车。

　　目前来观光的人少了，有一回我们在他公司楼下的"东海"
饮茶，我提出不如做出口，带香港人出去玩。反正现在日元低，
星港在日本又有分社，做得一定得心应手。

　　蔡澜观光团便由此产生。

　　做电视节目时，全辑中留给观众印象最深的是北海道那一
集，就决定先办它。事先我们三人再走一趟，徐胜鹤公司的副社
长小笠原在北海道的大酒店当经理数十年，很有经验，邀请他

同行。

小笠原一抵埠后便发挥他的本领，我觉得满意的餐厅，他即刻交涉，把价钱压得最低，但坚持得到和我们吃的水准一样的全螃蟹宴、霜降牛肉宴等等。

札幌的第一流酒店 Park Hotel，日本天皇也住过，凭小笠原的关系，也得到最好交易。

包吃包住连交通，已经比旁人便宜许多，但是五天四夜的行程，算起来哇哇不得了，大家付得起吗？

返港后又和国泰的同事们商量，在做节目时大家建立很友好的关系，价钱优待。可惜札幌这条线已将停航，真正懂得玩的人去日本，北海道才是首选，吃得好住得好，但航空公司不是单靠游客，生意人也得来往才够做，这条线上不多，我们这一班是最后的了。

所有的费用都统计在内，连经济舱也要一万块港币一个人，商务舱来回则加三千。

"利润微薄也不要紧，做得开心就是。"徐胜鹤豪气地说，我则暗暗担心。他好像看得出："不必想太多了，就这么决定。"

能省即省了，一般旅行社花不少本钱的是在报纸全版的广告费，我算是《壹周刊》的半个同事，向广告部取得便宜的协议，刊出一页没有图片纯文字的稿件。内容太多，密密麻麻，不知道读者看不看得清楚。

"那么贵，有没有把握？"友人疑问，"做的是四十人的团呀！"

广告刊出翌日星期五，已经爆满。捏一额冷汗。在《明报周刊》也登了一则广告，是星期天才出版的，浪费了子弹。

电话不停地杀到，我们只好由四十人增加到八十人。再多，国泰也没有座位让出来，只有等十二月再办一团。

"有没有头等的？加钱不要紧。"报名者真阔气，但是飞北海道的飞机最多坐商务罢了。

说真的，倒有一点担心，那么多人，怎能令到个个都满足？但回头一想，拍成龙戏时，我带一队百多人的电影工作者出国，也弄得大家服服帖帖，而且每个人还都是性格巨星呢，尽力而为就是。

依照办旅行团的传统，先要举行一个茶会，已经有参加的人打电话给星港职员："蔡澜懂得吃懂得喝，茶会上有什么好东西？"

这一问可问出头痛事来，普通茶会只供应维他奶或新奇士橙汁一纸包，徐胜鹤说："要做就做得好看，在楼下东海餐厅办几桌。"

结果有丰富的小菜和点心。茶会中遇到的团友多数斯斯文文，食物还剩下一大堆。

"浸温泉的时候可不可以穿泳衣？"这是问得最多的，"包条大毛巾行吗？"

"可以的。"我老实回答，"不过当地人会笑你，温泉旅馆只供应一条小面巾,祝君早安那么大罢了。"

大家做好了心理准备,就没有其他疑问。接下来职员们把行李牌和入境表格派发,细节已代为填好。我带队的经验是过关和入住酒店时常引起混乱,花费不少不必要的时间,这次将这些弊病先封杀掉。也不会监团友买东西收佣。

"有没有东西送的?一人一条你画的领带行不行?"最后有团友问,"我参加过其他旅行团,都有东西送。"

这一点我没经验,忘记了。八十条领带画起来要我老命,抽签送个几条没问题。和徐胜鹤商量过,决定由曼谷空运八十个和尚袋相送,皆大欢喜。

成本又增加,但是最要命的是愈靠近出发那天,那他妈的日元愈升高,到写这篇稿的时候已经是一千元兑六十块港币,我们做准备工夫当天只是五十一块而已,现在北海道的花费要高二十个巴仙出来。

我本人没有什么财产,外汇高低关我屁事?从来不看经济新闻,这几天来每早守着电视,啊,又高了一块!怎么办?怎么办?

"我早就买了日币等着用,不要紧。"徐胜鹤说。不知道是真的,还是说来安慰我。也只好学广东人说:顶硬上了。

老远在英国的苏美璐打了一个传真来:"我看到你的旅行团广告,你那么忙,到底是爱玩,还是喜欢人类?"

我回了一封传真:"喜欢人类。"

舞

与友人同往法明歌夜总会。

是个小酒吧，挤满了客人，大家互相干杯，嘈杂得很。与其他地方不同的是，这里没有音响设备，看不到麦克风。

一角，灯光亮了，照着一个身材瘦长的吉他手。穿白衬衫，黑背心和夹裤子，着马靴，擦得亮晶晶，他的头发往后梳，涂油，像华伦天奴。

"铮铮铮"，他大力地弹了几下。接着，他用手掌拍吉他上的木头部分"得得得"，先慢拍子弹出个韵律，便高声清唱。歌词听不懂，只感到极情哀怨。

另一盏灯照着出场的舞娘，略肥，脸没有想象中的美，线条很强。高抬着头，掀起大裙，露出修长的小腿，她开始跟着音乐慢慢地用鞋底踏出拍子。

客人继续喝他们的酒，还在喧哗。有一个留小胡子的英俊男人，一手提着个酒杯，另一手的指头在酒吧长柜上敲拍子，他的态度比舞娘更高傲。

吉他节奏渐渐转变成强烈，舞娘的双腿快得看不到形象地跳动，得得嗒嗒，和音乐融和在一起。

她用力一摔，髻子松开，一头长发披肩，随着拍子左右摆动，露出沉醉入音乐的表情，现出快感。客人一下子同时寂静下来，都给她那优美的舞姿吸引。小胡子头不回，但视线已转到舞娘身上。

歌者由温柔唱到壮怀激烈，舞娘从文静跳至疯狂。她的舞步变化极多，充满性的挑逗，已经不觉得她的身体有什么地方肥胖，简直像个第一次尽欢的少女。

小胡子全神贯注地跟着她左右摆动。

忽然，一个筋斗，她翻身跃上酒吧的长柜上，嗒嗒嗒，踏了三下，发出巨响。

客人看傻了，再来一阵剧烈的痉挛，她已进入高潮，攻近小胡子的身边，掀起裙来，用力发出一脚，把小胡子手上的酒杯踢飞，然后"荷烈"的一声，跪在他脸前等他亲吻。

《卡门》中的军官和斗牛士，对低微的吉普赛舞娘一见钟情。是绝对有可能的事。

西班牙苍蝇

　　从小就听人家说什么西班牙苍蝇，大一点后才知道它是闻名的催情剂。

　　怎么吃法，到现在还搅不清楚，吹大炮的朋友滔滔不绝地："抓到西班牙苍蝇后，把它晒干，磨成白粉，吃后包你可以打个三百回合！"

　　那么肮脏的乌黑害虫，磨成粉会变白色？我才不相信。

　　来到西班牙，天气还是寒冷，开始时看不到一只苍蝇。

　　"天气一热，苍蝇满天飞，要逃避也逃避不了！"西班牙朋友说。

　　"西班牙苍蝇，到底是不是有催情作用？"我好奇地问。

　　"从来没有听过。"他回答，"我们这里的传说是中国四脚蛇才真正有劲！"

　　令我想起在印度拍戏时，同事们到各处的药房去打听有没有印度神油，结果糊里糊涂被推销了一小瓶印度香水，拿回酒店一闻，差点晕倒。

"做爱没有信心的西班牙人，吃些什么？"我换了一个角度提出问题。

"大蒜啦！"朋友说，"生蚝啦！这些传说，我想是世界共通的。"

"有没有特别一点的？"我追问。

朋友想了一会儿，说："有。有个西班牙人想出一个骚主意，买斗牛场中被杀的牛的睾丸，收集了一大堆，晒干了磨成粉，造成药丸，以为这一来会发大财，哪知道大家都把他当傻瓜，那家伙连老婆本也赔掉了。"

又想起中国人做的什么三鞭五鞭丸，大家天真地把它当宝，我没有试过，不知道是否有劲。倪匡兄说催情是不会的，补壮腰力，倒是有一定的功能，也不知是真是假。

几个月来，天气已经渐渐转为炎热。今晚写稿，可看到第一只西班牙苍蝇飞了进来，停在那杯铁观音的边缘上。仔细观察，发现它的样子和其他地方的苍蝇没有什么两样。不同的是双翼向下垂。我看个老半天它还不飞走，和西班牙人一样等着睡午觉。

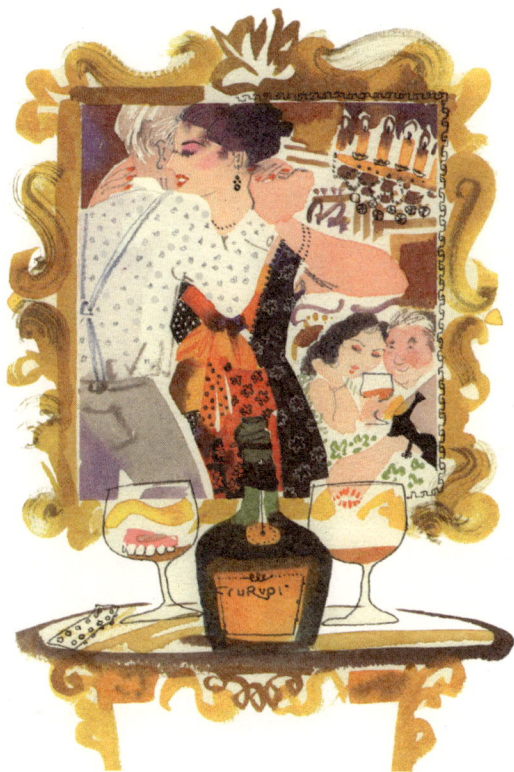

孤
寒
大
赛

　　一群人饭余聊天，都公认在世界上，犹太人、西班牙加达兰人和中国人是最最孤寒的民族。

　　加达兰人自豪地说："还有什么人比我们孤寒？我们跳舞的时候也要算着脚步的！"

　　犹太人正经地告诉我们一个故事：

　　一对老犹太夫妇从来没有坐过飞机，有一天，他们决定花部分储蓄去试试这个经验，就跑到机场去，租架小型飞机在空中飞一飞。

　　机师说："好，就收你们一个人五十块钱吧！"犹太老头直摇其头："不，不，太贵了，一个人十块行不行？"

　　"最便宜了，收你们一半，每人二十五块！"机师有点不耐烦地说。

　　"做做好事，"犹太老太婆哀求，"再减两块半好不好？"

飞行员气恼之极，大声喊道："他妈的！好！我就飞你们上天，但是有个条件，要是你们一声都不叫救命的话，我一分钱都不收，反倒贴你们一人五十块美金！"

夫妇欣然答应，机师发动引擎，小型飞机直冲云霄，然后在空中打十几个筋斗，才降落着地。

机场的跑道上，飞行员转过头去，向犹太老头说："好家伙，我认输了，算你厉害，果然一声不出！"

犹太老头拍拍胸口："吓死我了，刚才我老婆掉下去的时候，我差点叫了出来！"

听完大家狂笑，望着我："现在由你讲中国人的故事了！"

我说，有对夫妇，和小儿子及老祖母住在一起，他们什么都省，吃饭的时候，连菜也没有。只用一条绳子，绑着一块咸鱼，由天花板上吊下来。一家人看咸鱼一眼，就吃一口饭，天天如此。对着这碗白饭，老祖母实在咽不下去，不禁抬头多看了咸鱼两眼。

儿子跳了起来，呱呱大叫："他妈的！你不怕咸死呀！"

犹太人、西班牙加达兰人都举手投降，说中国人最孤寒。

马利奥

我一向没有英文教名，从头到尾的一个 Chua Lam。Chua 是南洋潮语音译的蔡，Lam 便是澜了。

蔡在国语中念 Tsai，广府人读 Choi，给外国人发音，却比较容易，但是一遇到 Chua，就变成 Cho、Choa，或其他莫名其妙的牙语了。

到了西班牙，这里的工作人员要叫我，也深感麻烦。最后，他们开了会，决定叫我做 Mario。

马利奥？但是，这是个意大利名呀！我说。他们回答道，西班牙名字没有变化，都是荷西，你既然是外国人，就给你个洋名。

起初听了很不舒服，后来打电话找人，叫了自己几声蔡澜，对方一点都不懂，只好喊是马利奥，他们马上大乐，说："西，西！"

工作人员中有一电工忽然抗议，他也叫马利奥，因为他母亲的外家是意大利人。

我听后说："不如叫你阿贵吧。"

大家都拍手称好，声声阿贵，挺顺口的。

茶的随想

看见桌子上这个米通的蓝茶盅，就有安全感。它跟随着我到处去，沏出普洱或铁观音的浓茶，喝了一口，像回到故乡。

每个地方的饮茶习惯都不同，英国人连茶壶也要考究烫手，用一块白布包起来倒茶。不过，最令人讨厌的茶包，也是他们发明的。

我在外国餐厅和酒吧喝茶，一向无奈地当它是中国茶饮，不加奶，也不加糖。他们用茶包我也接受，但要两个，用茶匙又压又挤，希望浓一点。

茶来了，是半个水杯的热水，浮沉着一个茶包，杯口以碟子盖住，碟上放了两块方糖。我把糖和碟子拿开，挤出茶汁，一两口便喝完。再要一杯。侍者又是一个杯，一个碟，两块糖。一连喝上三四杯，叫侍者不用再给我糖，他死脑筋，不听。入乡随俗，每次再两块方糖一个碟，照收不误。

娱乐

欧洲的每个城市都有广场。

所谓广场，不过是建筑物围绕着，中间空出一片的旷地。多数，还有一个喷水池或纪念碑置于中央。

拉丁民族，富浪漫和欢乐，他们的广场是花市，是果园，是茶座，是人们调情的地方。斯拉夫族则刻板、庄严，他们的广场以灰色为主，经过典型的电车，这种一辆拉一辆的落后交通工具，是社会主义国家必有的。

扎尔克列的叫做人民广场，空溜溜地没有摊位和小贩，两家人在买报纸，几个吉普赛人为旅客擦鞋。

"为什么不多弄一点娱乐？"我问。

"有呀，"友人回答，"每年圣诞节这里好热闹。"

"但是那只有一年一次呀，人，每天都需要调剂情绪。"

"我们今年有两次了。"他说。

"除了圣诞还有什么？"

"看你们拍戏。"

栗

来欧洲不是夏天就是冬日，现在才有机会享受到入秋的美景。

树叶还没有变成金黄，已开始剥落。

最惹人注目的是栗子树，早些时候已经看到结成一个个大如垒球的果实，绿色，带着尖刺。

街上整齐的两排并列，咖啡座前更是繁茂地屹立着栗子树。成熟的胎儿挤开了硬壳，噼噼啪啪地落在人们的眼前。

棕色的栗子，好像给一层油包着。新鲜得令人垂涎。

但是，南斯拉夫友人说这是野生的，不能吃。吃了又会怎么样呢？我问。肚子痛。他们回答。

不会吧。这么美丽的东西，遍地皆是。拾起一颗，看了又看，剥开壳子，肉仁像榴梿般的澄黄。

才不信邪。咬了一口，有点苦涩，但那滋味是罕于尝到的，终于全颗吃下，果然胃不舒服了一阵子。值得。

电炉好友

这个旅行电炉已经跟我到过不少地方。

它是全能的，适应世界上的电流，只要用手指一拨便可变更电压；本身那个插头是扁的，可安在另两个不同大小的圆插座上，什么洞都照插不误。

炉子分四个部分，电炉在中央，套着它的是个塑胶碗，碗的外层是个铁锅，用帆布套了装着。锅的大小刚好能放入一饼即食面，整体的面积并不大，方便携带。

不是每一家酒店都有二十四小时服务，三更半夜，别说吃东西，想泡杯茶喝也难。这种情形之下，更显得这个旅行电炉的可爱，它随时随地可以带给我温暖。

就算是旅馆里能送食物，但一看菜单，大多数都是一样，三文治、汉堡包、火腿鸡蛋，已经不开胃。

有了这个电炉，我到什么地方去，遇有罕见可口的蔬菜，如特大香菇白菌，或小型白菜等，即刻买下，在房间内煲汤，价钱便宜，味道当然比什么鸡蛋清汤好得多，而且是热辣辣的。

杯装和汤碗装的即食面固然比平装的高级，但是携带很占面积，又怕压破，我旅行时最多带一两盒在飞机上冲开水吃。在酒店住下，肚子一饿，还是用电炉烧普通装的面，要是没有肉类蔬菜一起下锅的话，至少能打一个鸡蛋下去，增加味觉。

这回在南斯拉夫住这么久，也全靠它来陪伴。买了米，时而炊饭，时而煮粥。要不然，起身时滚一碗面酱汤解酒，当然幸福过吃欧洲的所谓"大陆早餐"。

到了休息时候，这电炉更是千变万化地为我炮制了煎鱼块、炒洋葱牛肉、烤羊腰、滚蛋花汤、红烧元蹄，越做越复杂，差点把酒店烧掉。

最令我欢心的是饭后用它来沏杯浓郁的铁观音，或者冲些普洱招待怀念茶楼的旅客，这杯普洱代表了他们想念已久的虾饺烧卖，喝完了都道谢不已。电炉呀电炉，你已经不是一件电器，你是我的好友。

长大

拍电影，等待的时间多，不是等化妆就是道具服装、机器换底片等等，总之要等，不等就不是拍电影。

等的时候，工作人员都喜欢恶作剧，几十岁人了，还画一张乌龟贴在别人的背后，或者把报纸撕成碎片扔在人家头上，小小的胡闹，弄得一群人哈哈大笑。

在生活中，我发现不只是拍电影的大人喜欢学小孩，其他行业的工作者也是一样恶作剧。不伤大雅的玩笑，让单调的日常起变化，是多么值得做的事。

每天板起脸孔，忘记开玩笑的人，是可悲的人，他们要维持自己的尊严，但用这种手法是低能的。

我们每天开玩笑，南斯拉夫人也参加，有时玩笑越开越大，闹得脸红耳赤的时候忽然大家又哈哈大笑起来。

"童心未泯。"我说。

南斯拉夫人说："我们也有同样的说法——不要让你身体中的小孩长大。"

闹
剧

我们一群工作人员，香港人、南斯拉夫人，都是几十岁的成人，但是，拍完戏一休息，便开始恶作剧。玩笑开得最厉害的是掷生日蛋糕，队里没有人肯告诉别人什么时候生日，但是我们都查得清清楚楚。

到了那一天，大家一定准备好三个大的奶油蛋糕，乘寿星公不防备的时候往他脸上抛去，"扑"的一声，他的鼻嘴全白，有时被奶油塞得喘不过气来。

玩这闹剧有个规则，就是寿星公机警的话，发觉偷袭者，在他还没有掷出蛋糕之前指着他的鼻子，那偷袭者便不能再掷，而要把蛋糕往自己的脸上贴，当是惩罚。

不过，这一天只限掷三个蛋糕，要不然全组人都会患心脏病。

昨日在人民广场拍戏，中饭的时候大家准备了一个蛋糕，庆祝关锦鹏生日，他一看到，马上转身跑，我们都坐在那里不动，他走远后，见没有动静，也就乖乖回来吃蛋糕，大家好像忘记去作弄他。

晚上，几个主要的工作人员在餐厅欢宴，关锦鹏先到，喝了好几杯白酒，见迟到大王曾志伟还没有来。

等得不耐烦，阿关走到门口张望，"扑"一个大蛋糕掷在他脸上，曾志伟哈哈大笑，原来他一早在那里埋伏。

阿关有个南斯拉夫好友伊我，是美术助手，他准备第二个蛋糕想替阿关报仇，但是曾志伟是何等人物，精明到极点，他坐在桌子的一角，随时可以逃掉。

众人又把酒干得七七八八，香港人对南斯拉夫人，各饮三杯，看哪一方面先干完才是英雄。

酒斗到一半，伊我突击，但曾志伟闪电般地转身，往他鼻子一指，伊我偷袭失败，只好把蛋糕扔在自己脸上。

曾志伟更是大声狂笑。

得意忘形间，第三个蛋糕往他脸上掷来，是阿关自己为自己报了仇。

決

定

　不测之事发生，我们在南斯拉夫拍的戏，因为主角成龙由十五公尺的树上摔下，裂了头骨，要三个星期后才能复元。

　以为可以按预期完成，非常有把握地进行，但也只好拖延下去，无论如何也要把戏拍好，不影响它的质量。

　在南斯拉夫这个社会主义的国家，生活绝无香港的多姿多彩，有些工作人员感觉到很苦闷，发现它的缺点越来越多，让自己坠入自己创造出来的地狱。这一点，我没有办法解决他们的问题。

　大体的情绪都很低沉，我召集南斯拉夫同事，买了酒菜，晚上在办公室开起派对来，大家都喝得醉醺醺，开始有了欢笑，又认识新的男女朋友，忽然又觉得生命可贵。

　我在众人狂欢时静了下来，走到外面。剧务蓝高见状，过来安慰。

"人算不如天算。"我悄然地说。

"是呀，南斯拉夫也有同样的说法，"蓝高接口，"人类只是谈论，决定在上帝。"

反方向

英国人实在迂腐，什么度量衡都死守着他们那不科学的一套，到今天大不列颠帝国完全崩溃，才肯跟着把十二英寸改换成十进制的米尺。

磅、加仑等，也跟着淘汰。但是，死守着的还有左边方向驾驶，要改这个恶习，国库搬清也做不到。

可怜的是我们这一群人，到美国和英国除外的欧洲，过马路都差点给车撞死。

在南斯拉夫，一晚，大醉，我要开车回酒店，同事死都不依，我哪管得了那么多，嚷着坚持。忽然，豪雨。同事更是担心，绝对不肯让我爬进车里。

"你自己去坐的士吧，"我说，"要是你叫得到的话。"

最后同事只好低头，乖乖地坐在我旁边。我一路前进，三十分钟后果然回到酒店。

"你看，我说行就行。"我自豪地。

"驾……驾是……驾到了。"同事面孔发青，"但……但一路来都是……都是反方向。"

方向关

我命中注定有司机，不管是四个人坐的房车，或是四百个人乘的地铁，反正都有人替我驾驶。

来到南斯拉夫后，车辆由一家日本公司供应，不愁没车用，但请司机很贵，又因日夜要出门，不能让人二十四小时待命。真是一件头痛的事。

香港工作人员多数不会驾车，有的又没有执照，另外一些不会用手动挡，没有一个帮得了我的忙。最后，只能迫着自己当司机。

糟糕的是，我是一个没有方向感的人。哥哥姐姐认路，弟弟和我就不行。这可能是遗传关系，家父记忆力强，每经一处，下次来就清清楚楚地辨别去向；家母去日本多回，搞不懂哪个是东京，哪个是京都。

最令人烦恼的是这里靠右行车，驾驶盘在左边，和新加坡、香港的刚好相反，每次都把车子开到另一边去，把迎面而来的司机吓个半死。

唉，步行过马路都差点被车撞倒，何况说要自己驾车呢？

好在，同来的导演关锦鹏是个很细心的人。

"经过那公园向左。"他说。

果然是我们的旅馆。

"过了火车桥靠右。"

我们办公室就出现在眼前。

其他的同事都为他的记忆力感到惊奇，他过目不忘，没有几个人做得到。

"阿关，"我说，"还是由你来驾车子吧！"

"单车我都不会骑，驾什么汽车？"他懒洋洋地回答。

结果，我们一大堆人一出门，必由我们两人合作。

一个驾车一个认路，好像是一对连体孪生子。

大家命名他为"方向关"。

有次大醉，方向关忽然说他要驾车，便由他胡来。

他一学就会，慢慢地把车驾回酒店。

奇怪的是，他一直问我怎么走，已经不是方向关了。

酋 长

在西班牙拍戏的时候，他们很难将蔡字的发音搞好，就干脆叫我做马里奥。

在南斯拉夫，蔡字和他们的茶字的音一样，本来不成问题，但是工作人员嫌称呼蔡先生不够亲切，一直要想个南斯拉夫名字来安给我。

他们男人叫来叫去都是波里斯、拉夫哥、依我等，就像阿占、阿尊、阿卜一样普通，我们队里已有四个波里斯，所以当他们硬要也把我叫成波里斯，我当然不肯。

想来想去，给剧务野人带头，叫我做酋长，因为我开工的时候态度严肃。

我说你们何必不直接叫我做"坐牛"、"疯马"等，每部西部片都有的红番名字？

他们摇摇头，左一声"酋长"，右一声"酋长"，叫得难听死人，连酒店的伙计在服务早餐时也说："酋长，要吃什么？"

那天生日，收到工作人员全体签名的一张卡片，上面画了一个拿鞭子的酋长，幽了我一默。

動
太
歲
土

　　我们看中了维也纳的一座宏伟、古老、庄严的大厦，它的门口布满巨型美女的大理石雕，很适合当戏里的时装表演会场。

　　一问之下，对方即刻伸出舌头。

　　它是奥地利的国会。

　　"不可能的，"当地的制片公司说，"从来不给人拍。"

　　"但是，"我问，"你们有没有试过？"

　　"不可能的事试来干什么？"

　　我又是那句老话："不试，机会等于零。试了，成功率五十、五十。"

　　他们无可奈何，循例申请。出乎意料的，政府批准了。

　　现在我们准备好一切，在这里拍戏，真是有点满足感。

　　这是一个星期六的早上，旅客还没有起身，整个国会大厦等于是我们的，搬来一架三吨重的升降车摆摄影机。

骚动把警察引来，可麻烦了，我想。不过那四名警察一看到我们手头上有准许证，马上向我们敬个礼，嘻嘻哈哈地前来问长问短，并帮助赶开渐渐围上来的路人。

戏的要求是一辆全黑货车冲入停在大门前，八个撒旦门徒下来，提着机关枪进去。

召集的临时演员有一个身材特别矮，给导演赶了出去，人手不够，导演本来要亲自上阵，但是他比那临时演员还要更矮小，结果只有选中了我。

唉，算了，什么都玩尽了，还在乎这些？我穿上黑色长袍，戴上头巾盖住脸，大喊："快点拍吧！"

干了这么久的电影，第一次上镜，还是看不到脸的，真丢人。顺利地把这场戏拍完，工作人员把机器收拾好，而且用扫帚扫干净地上的垃圾，这一点，是我们最低微的敬意。

奥地利人很欣赏，点头赞许。

那边的制片公司说："早知道政府什么都答应的话，下次应该请总理来当临时演员，他的身材蛮高大的。"

快乐

与同事一混熟，我总在午饭后休息的时间问他们同一个问题："你一生中最快乐的是什么时候？"

很多人被我这么一问，都愕住，不知怎样回答才好。

但是南斯拉夫人的答案相当快和直接，可见他们的民族性很率真。

服装助手的老太婆说："是我儿子生下来的时候，十五年前的十二月五号，我小产过几次，怕那一回也留不住，能把他养活是一个奇迹。"

当翻译的少女说："十三岁的时候第一次和男人上床，那个感觉到现在还是没有其他欢乐比得上。"

临时演员的头子是个同性恋者，他说："当我知道除了女人之外还有男人的时候。"

化妆师傅说："好的事情太多了，哪记得每一样？能活着就是美的，对我来讲，每一天都是最快乐的一天。"

破桃

核桃一不新鲜，便有一阵臭油味，所以运到不生产的东南亚地区，已经不好吃了。

最高享受是坐在露天餐厅，头上几株核桃树，果实熟透外壳爆开，噼噼啪啪地掉在面前的桌上。等待食物送来之前，剥核桃肉下酒，一粒又一粒，花生、腰果、杏仁，没有一样比得上它。南斯拉夫侍者走过来，翘起中指，大叫："核桃，强精，强精！"

哪有这种事，我心中笑道。

同事点点头："你不知道吗？中国人也说这东西是壮阳的。"

管它有没有效，吃了再说，向侍者要核桃夹子，他摇摇，把核桃扔在地上，用脚乱踩，交给我吃。

不喜欢这个方法，我铺开餐巾，把几粒大核桃放在中间，再拿起餐巾的四个角，单手抓紧，往石墙大力一敲，核桃互击而碎壳，果仁完整露出在巾中，南斯拉夫人看了啧啧称奇。

改天你吃核桃，不妨一试。

报
应

星期天照开工，拍完外景回来时看到一个脱线的红气球。

"有人结婚。"司机说。

果然前面是一行的八九辆车子，各结彩带和种种颜色的装饰，和我们的婚礼进行并没有两样。

不同的是，新娘车不走在前面，而是第二辆。首架车子由新婚夫妇的父母亲乘坐，敬老行为十分值得赞许。

我们的爬前，与新娘车平行，我们的司机向她道喜。新娘长得年轻漂亮，但态度冷漠，竟然对司机的祝贺不瞅不睬。

继续上路，冲前到丈母娘和外婆车时，那两个老女人一直向我们摇手微笑。司机回礼时，她们打开玻璃窗，拿着一瓶香槟伸出手过来，我们吹喇叭地各喝一口，道谢送还。

"刚才那个女人，"我说，"没有她女儿那么骄傲。"

"不要紧，"司机说，"二十年后她会和她母亲一样友善，报应是一定会来的。"

玩

有位同事，年轻、干活工夫好，长得也有个样子。他就是不喜欢和人交际，收工后吃饭，便躲进房间，从不到外面去喝酒，更别说交什么女朋友了。

"喂，"南斯拉夫人问他，"你是不是有毛病？"

他笑笑走开，并不回答。

南斯拉夫人不知道的是，这个人刚结婚，很爱自己的妻子，认为再去结识女朋友是对太太的不忠。

唉，一种米养百样人，不然这个世界怎么会那么有趣，他不要玩，是他家的事，我们从不过问。

一天，他走过来，指着另一位同事，说："你看，这个人常常换女朋友，我真不了解他的心态。"

"人家喜欢嘛。"我说。

"但是，"他抗议说，"来了一个时候就要走，何必去搞三拈四？自己不要紧，但是害了别人。"

"也不算是害人吧，"我说，"是两厢情愿的事。"

他还是摇头反对。

"你呢？"我问，"你从来不玩吗？"

"不玩。"他回答得很坚决。

"那么，你的性问题怎么解决？"

"我对这件事看得不重，认为没有太大的需要。"

"没有太大的需要？但是总有一点需要，是不是？"

"是呀，偶尔我也想的。"

"那又怎么办？"

"自己安慰自己啰。"

"那不健康的。"

"又有什么其他办法？"

"找女朋友呀！"

"不，"他大叫，"那是件肮脏的事！"

"用手不肮脏吗？如果你不欺骗人。那么，她那东西和你的手有什么分别？你要知道，不只是你玩她们，她们也在玩你！"

情绪

一九九六年一开始，我们便在澳洲工作，住在墨尔本的一个叫南耶拉的地区。

南耶拉属于雅皮士地带，有许多名餐厅、电影院、的士高和酒吧。

我们住的这条街叫"打令街"，有何来由，为何那么亲热称呼？当初我不知道，以为是从前妓院林立的关系，后来才查明是纪念一个姓 Darling 的人。

全组工作人员住进公寓里，长期间在此地做事，租酒店贵是另一个问题，不能在房间里煮煮公仔面充饥，就不算是生活了。

公寓很小，但干净，五脏俱全，厨具整备，还有个微波炉呢。

每周，服务员来换取床单毛巾两次，衣服则拿到附近的铜板洗衣店搞掂。

墨尔本一天有四季，目前虽说还是夏天，但是一大早去散步，寒冷得要命，穿皮大衣还嫌薄。到了中午，衣服一件件脱了，最后只剩下 T 恤。傍晚又开始凉，西装一套，来得正好。爱漂亮的年轻工作人员，一天可以换几种服装，大呼过瘾。

这里还是夏令时间，比香港早三个小时，早或晚，我一直搞不清楚。举个例，我们这里正午十二点吃中饭，香港才是九点钟上班。

太阳早上六点钟升起，要到下午八点才日落，工作到七点多，还不觉晚，身心并不至于太过疲倦。

悉尼太过嘈杂，墨尔本安详，是个文化城。到处有广阔的公园，草细如青苔，午饭不去餐厅，买些面包和火腿，躺在草地上进食，是香港人羡慕的光景。交通相当发达，火车电车直通市中心，不消十五分钟便能抵埗，的士也容易叫，不像洛杉矶那么罕有。

还是有很多看不惯的事物，但挖疮疤非我个性。凡事，总向好的地方去发掘。把自己当成一个新移民，体验去国者的情绪。

窗帘

　　工作完毕。吃饭。小睡。起身。赶稿。

　　初写闲话，天快亮时介绍餐厅。肚子越饿，写出来越精彩，连自己也流口水。

　　食经这种文章，一定要空肚子写，道理和吃饱了上超级市场，绝对买不到东西，是一样的。

　　放下笔，见还早，离工作还有两三个小时，再睡一会儿吧。

　　但这几天公寓的侍应来把窗帘拿去洗，太阳升起，一道光线直射入眼，不成眠。

　　在澳洲办事，一切效率都不如香港高。当然，在香港住惯，到任何地方，都感到别人做事很慢。这数块窗帘布，一洗至少一个星期，才能回来，搞不好要弄去十天两周来。非要好好想个办法改变环境不可。

　　稿写完，有时心情不能平伏，要即刻睡也很难。最好是磨墨练书法，这次来澳洲之前已准备了毛笔和宣纸，便书将起来。

临的是吴镇的草书《心经》。《心经》名帖很不少，多数是以楷书写的。这么严肃的内容，以正楷来写，最为恭敬。

偶尔以行书入经，像王羲之的《集字圣教序》那篇，也有许多人临之。

吴镇这一篇草书《心经》，写得浑厚自然，有些遗漏的字，他也不管。记错一两句《心经》句子不是大罪，有心就是。

我写《心经》也经常用楷书，临弘一法师那篇，绝对不错。但是《心经》是大家熟悉的，何处断句，众人皆知，故以草书书《心经》，可见字体的变化，趣味性亦高。

连写几张草书《心经》，用透明玻璃胶纸贴在窗上，来当帘子。

黎明，金黄光线透过纸上白色部分射入，着墨处变成影子，照在洁白的床单，煞是好看。要是身旁有个初醒的裸女，意境更佳。

走私

　　一组戏中，总有几个反应慢一点的人搀杂在其中，但并不是严重到要炒鱿鱼的地步。此等仁兄言语无味，除了工作，多谈两句也是浪费时间，尽量避免和他们接触就是。

　　所以我们在公寓烧菜，不会叫他们来一齐吃，这不算是过分。我们的习惯是各自煮好了拿到一起去吃。搬运食物时，要是与这些不受欢迎的分子面对面碰上，他们做出想吃状，而我们又做出不想让你吃状，也是相当尴尬的，故发生了走私食物事件。

　　有些人喜欢用一张旧报纸盖着那锅汤，但是香喷喷的味道是难于遮掩的，我不赞同这个方法。

　　有的爱捧一束花，下面装了吃的东西，这比较浪漫，我赞许，但是太热的食品，会把花也蒸熟了，不知是否能发明新的食谱？

　　藏在一堆洗完了的衣服也是办法之一，问题出在今后穿的衬衫带大蒜味。

这些不受欢迎人物，还是不断地出现，尤其是在最不想碰到他们的时候。

"今天烧什么菜？"他们问。

嚅嚅地回答："没……没什么，弄一包即食面算了。"

他们做出绝对不相信的表情，我们只有继续走私了。

有时，煮红烧肉是逃避不了的，肉香由走廊飘出去，走到大门，任何人一进来，即刻知道在煮什么东西。

一位武师用酱油、冰糖做了一大锅的红烧肉，正想拿去和好友共享。一出门，就碰见那群冤鬼，他一急之下，打开大衣，把那锅肉藏入胸口。

"好香，好香。"那人说。

武师拼命摇头，急步走开，拿到朋友房中胸肌已被烫肿。两个奶奶，比叶子媚还要大。

鼾

又飞到澳洲，国泰机在星期二和礼拜六没有直航到墨尔本的，需要去艾德梨转，中途一停站，整个人就觉得很疲倦，到了公寓，洗个澡，小睡一会儿。

这一睡，可睡坏了，好像怎么睡也睡不够，翌日还是睁不开眼睛。勉强在清晨六点跟着大队出发，半小时车程，睡足三十分钟。

我们做电影这一行的，基本上大家都睡眠不足，所以养成一个随时随地都可以入眠的功能。上了车，就像把电灯关掉一样，即打鼻鼾。目的地一达，有如把插头插上，开动机器，马上恢复一切的操作。

别小看这十几二十分钟的充电，非常见效，相等于几小时的睡眠。

试过连续工作几十天，每天只是这里偷睡一下，那里假寐数分钟，也捱得住，不过乘电梯那几十秒，站着也睡得着。

这不算厉害，我曾经看过曾志伟，睁着眼睛打鼾，偷睡功夫天下第一。

郑则仕也是一绝，他疲倦起来，吃干炒河粉，第一口，第二口，到第三口已停住，打起鼾来。

我在写这篇东西，成龙走过来看稿纸，见我写郑则仕，他说拍《重案组》时，郑则仕在睡觉，轮到他拍戏，他从椅子站起来，走到镜头前面，站稳，整个过程都在睡眠中，一面打鼾，一面做。

另一个肥人，是过世的编剧黄炳耀，他和成龙及同行的邓景生三人在酒店中谈剧本，成龙和邓景生坐在沙发上，黄炳耀躺着，你一句，我一句，轮到黄炳耀那一句，他已打鼾。鼾声越来越响，结果把自己吓醒，大喊："谁在偷睡？谁在偷睡？"

吃电影饭，不容易。

油皮大衣

　　墨尔本已是秋天，进入了雨季，天天绵绵细雨，温度跌至摄氏十度左右。

　　我们站在雨中苦候太阳，大家都说墨尔本天气一天有四季。她的梅雨，也是又落又停，只要我们有耐心，总可以拍上几个镜头，不至于全日泡汤。

　　我们每天早上六点钟出发，到了上午十一点多或下午四点左右，是饥寒交迫的时候。我们讲讲笑话当食物。另一个令我们有点温暖的是在这里买的一种大衣。

　　牌子叫 Driza Bone 的，商标画着一根骨头，油布为原料，绝对挡风挡雨，原本做来给澳洲牛仔穿的，由颈项遮到脚，五英尺多长。

　　肩上有一片像翅膀的布，有什么作用不知道，这裁剪令到衣服又是大衣又是斗篷，穿在身上，非常的神气，澳洲制的衣服，只有这种大衣吸引得了我。

衣内有块小牌，叫人不可用肥皂和热水洗，更不可浆和烫它，以化学药品干洗，也会损坏衣料，那么用脏了怎么办？只要整件浸在冷水之中涤一涤，取出晒干即是。

用久了布料受损，尤其是手弯部分，肩膀部分和口袋部分，只需用该厂出产的油涂一涂，又像新的一样，这件大衣，是可以穿一生一世的。

如果买没有里的那种，大衣很轻，若加棉毛，就至少有数斤重，款式很多，有长有短，矮人穿短的绝不好看，像只甲虫。

颜色有黑、蓝和褐色。褐色最耐看，有如铁锈，穿上后整身像披着战甲。

平时要卖到一百四十块澳币，也不是吓死人的价钱。一减价，每件才卖六十大洋，六六三十六，三百六十块港币一件。

穿上这件大衣，配上一顶同布料和颜色的帽子，站在雨中，变成乐趣。

十支烟

香烟最普遍的包装，是二十支一盒的。

澳洲人烟瘾很大，他们喜欢大一点的，二十五支一包，有的又爱三十支装的，盒子更横阔了许多。如果你在机场等候登机，看到一个拿着巨型烟盒的，那么那个人一定是澳洲人。

香烟在这里卖得很贵，一般人节省，便有烟丝的出现，买包纸，抽出一张，手艺纯熟地卷成一支烟，有些人讲究，在烟尾加一个滤嘴，卷出来的样子和结实程度，不逊原厂制造的。

初学手卷的人常失败，卷得一塌糊涂，他们便去买一个 Rizla 厂的卷烟器，但是机器也要学用才行，结果还是一塌糊涂。

卷烟器中有两个滚筒，包着一块胶布，将烟丝放在其中，把上面的滚筒压着下面那个，用手一推，烟支即成。

现在 Rizla 厂发明一个更进步的新产品，卷烟者需要买一盒该厂的滤嘴纸筒，放在机器的小槽中，加了烟丝，咔嚓声一夹，烟丝便乖乖地钻入纸筒内，成为一支完美的滤嘴香烟，令人叹为观止。

当然，Rizla是靠卖卷烟纸起家的，别小看那包薄薄的纸利润没有多少，你到世界各个角落，除共产国家之外，都可以看到Rizla纸在烟店出售，生意额大得不得了。

为了要多卖烟纸，便得拼命推销卷烟器，通常它是铁制的，在一次推销行动中，也看过有塑胶做的卷烟器，免费赠送购买两包纸以上的客人，但不太耐用，现在已经再也没见过了。

香港人和新加坡人没有卷烟的习惯，大概新加坡政府还没有抽重税之前，大家抽惯便宜烟，卷个什么鸟？新加坡人还流行十支装的，这次途经，要了一包。拿到澳洲，当地人大喊小巧玲珑，个个向我要，变成珍品，下次送澳洲人的手信，没有什么东西好过十支装的香烟。

饭钱

"你又要拍电影，"友人问，"又要写东西，又要卖茶，一把年纪了，做那么多干什么，赚了钱，也带不进棺材呀。"

"拍电影是为了生计，"我回答，"写东西是为了兴趣，卖茶只是玩玩，赚不了几个钱。最多够请朋友吃几餐饭。"

"整天请人吃饭，钱不是花光？一把年纪了，还不留多点储蓄。"友人说。

"你又叫我留棺材本，又说钱带不走，这不是矛盾吗？"

友人不作声。

"请人家，总比被人家请好呀。"我说。

"人家才不领情呢，"友人说，"回头反而骂你大头鬼也说不定，一点好处也没有。"

"好处，"我说，"是有的。被人家请，总有一点尴尬的感觉，不好意思居多。请人，感觉是完美的，是无憾的，是愉快的。

就像送礼物一样，送的人还是比收的人快乐，这道理再简单不过了。"

写到这里，头脑一片空白，不知道怎么结束。最好的办法，当然拿去问成龙。

成龙说："是呀！请人的感觉是好的，我每一个月都要请二十几万港币。"

哗！我们都说犀利。

"但是，请了之后，我把单子交给公司，其实是由嘉禾请的。"他说。

大家都说着数。

"着数？"成龙叫了起来，"你们每人都有饭钱收，只有我没有，这是公司给我的饭钱呀！"

我向成龙说："这些资料还不够，没有结尾的棺材钉。"

"我的饭钱，是全世界最贵的饭钱！"

这算不算是棺材钉我不知道，我只知道已完成一篇东西，收了稿费，又请客去也。

夹

在前南斯拉夫拍戏时，当地人教我：每天早上净吞一汤匙天然蜂蜜，可以止咳，对抽烟的人不无好处。

试了，果然有效。他们还说：如果吃蜜糖时加五个核桃，晚上便生龙活虎。

也试了，不灵验。

但是在盛产核桃的国家，不吃刚由树上掉下的果仁，太可惜了。

为了吃核桃，买了一个夹子，意大利名家设计，黑色，流线型，像一支巨大的羽毛笔，插在一个座上，美得不得了。

用这核桃夹子破之，果仁新鲜好吃，又有无穷乐趣，爱不释手。

但是有些太小的核桃，用这夹子裂不开壳，所以再买一个剪刀型的。两者并用，绝不虚发。

在果仁店买核桃时，为了玩这两个夹子，顺手购入杏核、巴西核和夏威夷果核。

其他的这两个夹子都能应付，但遇到夏威夷果核，便束手无策了。

原来夏威夷果有天下最硬的壳。

什么夹子都夹不开它，最后只有出动铁锤。在砖地上大力敲之。它的核又圆又滑，一击之下，飞了出去，差点没将玻璃窗打烂。

用传统的古法，把夏威夷果放入门缝中夹。当今的门，木头大不如前，夹坏了几扇，还是打不开它。

问果仁店老板，他说有一个夏威夷果专用的夹子，澳洲产，别处买不到，叫 Bonk。

即刻去找，是个三角形的铁箍，很沉重，上面有个手把，中间是铁条螺丝线，顺时针扭转手把，那条粗铁便往下压去，直到将夏威夷果壳破碎为止。这东西有点像古代的刑具，但无恐怖感，而且极有趣，不用来裂壳，当镇纸用，也是一绝。愈看愈心爱，差点把手指放进去玩。

妙

又得浮生半日闲，跑回香港做其他事，过数日才赶返墨尔本，继续拍成龙的新戏。

坐的又是国泰机，墨尔本下午一点五十分出发，抵达香港是晚上七点半左右，当然中间有三个小时的时差，一共是要飞九个小时的，这段旅程最不辛苦。

更好的是去的旅途，晚上十点半出发，早上九点多到墨尔本，睡一大觉罢了，真舒服。但是对于在机上睡不着的朋友，我寄以无限的同情，请他们还是吃安眠药罢了。听说有种防时差的药，史蒂芬·史毕堡也常服，那么聪明的人认为没有害处，大家也大可放心进食，但药的名字我忘了，记起来才告诉大家。

国泰的伙食很明显地进步，空中小姐更是殷勤地服务，我从前对它有点怨言，但始终还是乘它较多。

但是不管机舱食有多好，我还是自带当地最好的食品上机，这次是几片火腿，各式香肠，有种肉是面颊肉做的，更是绝品。水果做的芝士，带甜，中间有葡萄、杏、桃和核桃、向日葵籽等等，是澳洲的特产，旁的地方甚少看到。加上一把鸡丝碎面，这种碎面，倒入汤中可即食，我这次不吃杯面，带一个即冲即食的汤，把碎面加入，请空姐注滚水，即成，美味之极。

　　边吃边看一部电影，半途请空姐收回一切，再继续看戏，看到一半，已睡着。醒来，刚好是此戏重演，连接看下半场，已抵达香港，太妙了。

睡椅

我们在墨尔本闹市中拍戏，旁观者众多，拥在摄影机后面，警察拉了一条黄色的横布，不让他们阻碍到我们的工作。

拍电影的人坐在一张折叠的布椅上，这种椅子已为大众羡慕，大量制造出卖，称为导演椅。洪金宝坐着一张，看荧光屏中的动作，现在科技发达，能由电影摄影机拉出一条线，摄影师拍摄的，导演也能在电视机中看到。

导演椅旁边常摆另一张，让监制坐。通常我喜欢四处走，不肯坐下。偶尔，疲倦了，或与导演商量剧情，才利用到这张椅子。

戏中有三个女主角，澳洲武打女演员、台湾来的小妹妹，以及一位高大的美国黑人女子，她们一闲下来，跑到我身边聊天，一个接一个，或者三个齐上，在看拍戏的路人眼中，监制的确是一个风光的工作。

加上电影电视和小说的渲染，一般人讲起监制，都认为他们的办公室中，一定有一张用来选女演员的睡椅（Casting Couch），她们要得到机会，非得和监制在这张睡椅上来一下不可。

　　既然大家都这样误解，我干脆在办公室内摆一张清初制造的紫檀鸦片大床，这比睡椅有气派得多罢。

　　至今，鸦片床上并没有睡过一个女演员。利用职权让对方屈服，始终非我所愿。需要女人的话，出去狩猎，凭本能去做，才是男人，何必沦落到此般地步。

　　监制的职位，是将一部电影从头到尾看牢，用来滥交的话，恐怕此君做人没有什么信心。曾经见过一个前辈，搞上了女主角。

　　翌日，她即刻迟到，导演呱呱大叫，监制也只好敷衍地讲了她几句。

　　"哎唷，"她当众娇滴滴地，"你昨晚上把我弄得要生要死，我怎么起得身来？"看你怕未？

洗
碗

公寓中有个洗碗碟机，我从来不会用，废在那里。

当一个人寂寞时，洗碗碟是种无上的乐趣，为什么要被机器剥夺？

我的习惯是先将大锅用铁丝擦一轮，去掉所有粘在底部或边缘上的杂物，再以淋上洗洁精的胶绵刷净，放在一旁。

碗碟依大小，一件一件经同样过程洗好放入大锅中，冲水，浸它一夜。

凡是没沾过油的茶杯或水杯另洗，不能掺在一起。

翌日，冲大量的水，把所有剩余的污处处理了，再来一次洗洁精，又冲水，最后从头到尾再洗一遍。

洗时用左手指抓住碟子的边，右手把碟子转动，擦到发出"即吾、即吾"的声音，才可罢休。

洗过的用具，我不习惯用布擦。放在盘架上，等风将它吹干好了。

人多的时候，男人烧菜，女人洗碗碟，或者将工作对调，是件很公平的事，要是家中没有菲律宾家务助理的话。

若有选择，我还是喜欢煮食多一点，不过厨房经我一搞，七国咁乱，大件事也，女人还是争着烧菜，舒服一点。

当然纸或塑胶碗碟是最简单不过，但是我一向觉得使用即用即扔的器皿，对食物非常不尊敬，吃起来，味道也输一筹。

至于筷子，我不反对用即弃的日本木筷，虽不环保，但已管不了那么多。

烧东西给人家吃，像送礼物。奉献的快感，比接受高。

最享受的一次，是在加多利山旧居，弄一餐请客。吃完由亦舒、利智、刘天兰和顾美华等才女佳人洗碗，豪华至极。

猹

"有鬼！"女工作人员吓得睡不着，她说，"每晚十二点过后一定跑出来，沙沙沙地，不知在抓些什么，像要抓破棺材盖。"

向公寓的管理员投诉，他哦的一声："不是鬼，是猹。"

猹是夜间动物，似狐，但有黑色的眼圈，像戴上面具的盗贼，长毛，爱吃水果，吃得有个大肚腩，非常可爱。

猹一出来就是一大群，有人说成语的"一丘之貉"的貉，就是这种动物，我没有求证。鲁迅曾经写过它咬人的情景。

小时候到同学苏进文的家，是间古老大屋，天花板上常挂着四五条大尾巴下来，进文是印尼人，他说印尼语叫"毛山"。原来这种动物也生长在南洋。

树林逐渐消失，猹很适应地跑到城市中去住，晚上代替猫做工，抓点老鼠来吃，但时常半夜静静走下来，偷它们爱吃的水果。

许多人家都不在乎猹的存在，反正它不咬人，亦不破坏家具，但有些神经质的老处女，还是受不了它半夜的滋扰。

唯有打电话给抓猹专家啰。

专家来到，即刻宣布："请放心，一定抓个精光。"

"抓光了怎么处理？吃掉？还是送到动物园？"我们也很担心这可爱的家伙受到人道毁灭。

专家的答案很让人满意："我们会送它们到很远的国家公园放生的。"

付了钱，果然很快地把猹抓住，皆大喜欢，但过了几天，猹又来抓天花板。

原来专家们并不依承诺，只把猹放生在我们附近的业林中，猹认路，又回来了。

公寓的管理员说："要是专家不这样做，哪有下回的生意？"

尊严

星期天放假，寒冷的冬日，出现大太阳，是所谓的"印第安人夏天"（Indian Summer）。

我们吃了一顿意大利餐，有点醉意，往 St. Kilda 海边散步，这里有一排很长的档子，出售各种手工艺品。

最常见的是形形种种的树熊、袋鼠和鳄鱼的玩具，也有澳洲土著的长筒乐器，吹起来嘟嘟声，又沉又重。

经过一位大概有八十岁的老太太的摊子，被她养的那几条狗吸引，她用被单盖着它们，伸出头来，睁大眼睛望着路人。

她卖的是亲手画的水彩，花卉居多，并不见出色，但客人爱动物，停下来向她买一两张画，一百至两百港币不等。

我站在一旁，等她空下聊天："怎能在这里摆摊子？"

她一定以为我也想开一档，详细说明："你得先每天来，和周围的小贩做了朋友，他们会介绍给你，但每半年还得付五百块钱的。”

“一个星期可以做几天生意？”

“星期六和礼拜天。”她说，“这里的人，其他时间都在家里创作，收集了五天的作品，便拿出来卖。”

“你和家人一块住的？”

她笑了：“你认为我是一个孤单老人？不。我有儿女孙子。但是人一老，倚靠别人，总是少了一份尊严。还是出来这里摆摊子好。年轻时我也去过不少地方，像这里给老人这种机会的国家不多，我现在自由自在，不但养活自己，还能养活我的狗。我的朋友，看我当街边小贩，大惊小怪。”

这时，斯文慈祥的老太太忽然爆了一句粗口：“我管它一个鸟”（I don't give a fuck）。真是可爱。

好
在

《一个好人》的外景拍摄，已经渐渐出现受伤的人。首先是武师阿根的头顶开花，接着是副导演克明扭伤了腰，再来是硬照摄影师阿源被撞破膝盖骨。这些，在成龙影片，已是必然发生的事。

今天拍的那场戏，在一个建筑地盘，成龙被一班歹徒推进一架公鸡车，再将他由八层楼高处摔下。下面虽然铺了纸皮盒，但当成龙翻身，头向下扎时，还是听到"咔"的一大声。

起身，以为没事，但颈骨已受了伤，即刻送他到脊椎骨科治疗。

澳洲医生诊查一番，说了一大堆医学名词，成龙几乎都听得懂。是久病成医的道理。

医生检查了颈部，称无大碍，问成龙："要不要照一张 X 光看看？"

成龙摇头："要是再痛下去，再照也不迟。"

医生接着按成龙身体的各个部分，问道："这里受过伤是不是？""那里受过伤是不是？"

成龙一一点头。

"这里呢？"医生问，"也有旧患？"

成龙有点不耐烦，但还是笑着向医生说："你不如问我哪一个地方没受过伤，我可以不用回答那么多问题。"

医生听了也笑了。

"好在鼻子没有受伤。"我说。

在旁边的一群香港工作人员都拍拍胸口，同声说："好在，好在。"

医生好奇："鼻子受伤有那么严重吗？"

我用英语，把中国人的鼻子，和身体某一部分关联的故事告诉了他。

医生听了也拍拍胸口，叫道："好在，好在。"

胖

电影工作人员，总是食无定时，睡眠不足的。我们这部片子，剧本中差不多全是日景，很少夜戏，所以大多数人每天都是日出而作，日入而息的。

澳洲的食物，可说是世界最便宜的地方之一，大家三餐都吃得饱饱的，这里又缺乏夜生活，早睡早起，几乎是活在一个最有效的增肥疗程之中。

四个月下来，最显著的是，大家的屁股都大了一号。有些人怪说傻瓜相机，照出的面孔像吹气娃娃；有些人推说洗衣机将衣服都搅得缩水。总之大家的牛仔裤第一粒铁纽都扣不上，衬衫的第三粒纽扣多数崩的一声，飞得无影无踪。把他们一个个胖嘟嘟地送回给父母，我见了也老怀欢慰。

由于归期将至，我们准备离开墨尔本，到悉尼的一个乡下酒厂去拍结尾戏，买手信的买手信，大家开始收拾包裹。

为了避免各人行李过重，制片部买了一部健康磅回来，让工作人员在上机前有个心理准备，防止他们疯狂购物。

　　但是制片部想不到的是，最严重的超磅，是每一个人的身体。

　　男人的肚腩凸了出来，都自称是成功人物象征；女士们身体一上磅，哇哇不得了，都骂制片部买了一个便宜磅，一点都不准！

　　看见导演洪金宝，大家都嚷着要他也磅一磅。洪导演也潇洒，双脚一踏，啪的一声，指针在一百一十公斤停下。

　　"好彩没有肥到！"洪金宝满怀高兴地，"还是一百一十公斤，维持在二百二十磅。"

　　不知是哪个丫头口无遮拦，向他说："导演，你乘的是一比二，公斤是乘二点二才对，你现在是二百四十二磅，肥了二十二磅！"

　　洪金宝听了要以老拳击其脑，丫头逃之夭夭。